Laura Wunsch

Kenny
der kleine Kämpfer

Copyright: © 2015 Laura Wunsch
Umschlag & Satz: Erik Kinting / www.buchlektorat.net
Verlag: tradition GmbH, Hamburg
ISBN 978-3-7323-6832-7
Printed in Germany

Bibliografische Information der Deutschen Nationalbibliothek:
Die Deutsche Nationalbibliothek verzeichnet diese Publikation
in der Deutschen Nationalbibliografie; detaillierte bibliografische Daten sind im Internet über http://dnb.d-nb.de abrufbar.

Danke an meine Freundin Svenja, ohne welche ich Kenny niemals hätte fertig schreiben können, welche mich stets ermutigt hat und Kenny korrigiert hat.

Danke an Günther Koos, welcher nicht nur geholfen hat, Svenja meine neuen Kapitel zukommen zu lassen, sondern auch durch seine Treue und durch seine guten Worte dafür gesorgt hat, dass ich Herzlichkeit und Freundlichkeit erfuhr, die weder gestellt noch zweckgebunden war.

Danke an meine Freundin Doro, die immer ein offenes Ohr, Zeit und Geduld hat!

Danke an Ralf Prawitz! Danke an meine Patentante Elke und an Werner. Danke an Michael Oelmann. Danke an Herrn Niebergall. Danke an alle, die nett zu mir waren und mich nicht ausgegrenzt haben, an alle, die ich hier nicht aufführen konnte, nicht aufgeführt habe, obwohl ich von ihnen Momente geschenkt bekommen habe, die mir gezeigt haben, dass es Menschlichkeit gibt.

Ein paar sollen noch genannt werden: Danke an Oskar, Hanne, Ilse, Inge und Frieda, ohne welche ich die Schikane, die mir in der Reha angetan worden ist, nicht überstanden hätte. Und an die, die mich schikaniert haben und mir nicht geholfen haben: Ich hätte sofort getauscht, ich bin nicht gerne todkrank und habe nicht freiwillig fast meine ganze Lebensqualität abgegeben! Und wenn ich schon Danke sage, dann kann ich auch gleich denen, die mich bestrafen wollten, weil ich leben möchte und trotz Dauerleidens nicht aufgebe zu kämpfen, noch sagen: Entschuldigung, dass ich noch leide und lebe, aber FU, vielleicht hilft das mir nicht mehr, aber anderen, die dann nicht wie ich gemobbt und von oben herab behandelt werden!

Ich hoffe, dass Kenny Mut macht und dass mein Leben, das in Bälde vorbei ist, dass mein Leiden nicht völlig vergeblich gewesen ist.

Inhalt

Kapitel eins – Ein tristes Sein

Eine fast unsichtbare, durchsichtige Feder flog durch die Luft. Sie schwebte und sauste und kam so von Ort zu Ort. Sie beobachtete alles, was unten auf der Erde so passierte.

Sie lauschte Gesprächen oder Büchern, die vorgelesen wurden, sie roch Essen und Düfte und begeisterte sich für alles.

Aber sie war nicht glücklich. Zum Einen konnte sie nicht viel mit diesen Eindrücken anfangen, die die Gerüche und Beobachtungen auf sie machten, und zum Anderen war sie so alleine bei alle dem und wünschte sich Genossen und Freunde, mit welchen sie diese Eindrücke teilen könnte. Das heißt, sie wusste eigentlich gar nicht, was Freunde und Genossen sind, sie hörte nur ständig von ihnen, wenn sie sich umsah und hatte nur eine rein rationale Vorstellung davon gewonnen, was ein guter Freund und Genosse ist und was man für einen guten Freund tun muss und dies alles gefiel ihr.

„Man teilt mit einem richtig guten Freund alles, auch den schönsten Moment. Die richtig guten Freunde durchleben mit einem aber auch die harten und unschönen Zeiten, so dass man diese leichter durchleben kann. Mit anderen, nicht ganz so guten Freunden, teilt man manches, aber nicht alles, aber man macht viel zusammen und teilt Eindrücke und Gedanken. Genossen oder Bekannte, wie manche Menschen zu sagen pflegen, hat man viele, wirklich wichtig sind aber die wirklichen Freunde!"

Die unsichtbare Feder sprach vor sich hin und es klang wie eine auswendig gelernte Textstelle, wie eine Formel, ein Gesetz, ihren Worten fehlten Gefühle.

„Das kannst du alles haben, du weißt aber noch gar nicht, wie schön und faszinierend das alles ist, was du Tag für Tag beobachtest", sagte eine Stimme. Die Feder fühlte einen Sog und sah sich auf einmal vor einem großen Vogel, der ebenfalls fast unsichtbar und durchsichtig war.

„Wie meinst du das, ich verstehe dich nicht genau", sagte die Feder.

„Man nimmt nur das wahr, was man mit Liebe sieht, alles andere kannst du wohl erfassen, aber wahr, für wahr nimmst du es nicht", sagte der Vogel freundlich.

„Ich verstehe nicht ganz, ich habe es doch verstanden und kann es jederzeit wiederholen", sagte die unsichtbare Feder.

„Ich versuche es dir einmal zu erklären, aber ich bin mir nicht sicher, ob du mich verstehst, wenn du wirklich willst, was du eben gesagt hast, so werde ich dich bald auf eine Reise schicken, auf welcher dir all das bewusst werden wird, was ich dir jetzt sagen werde und was du nur zum Teil verstehen wirst, erinnern wirst du dich auf deiner Reise jedoch an nichts von dem, was wir jetzt besprechen, du wirst es nur fühlen. Also sage mir jetzt, sonst können wir nicht weiter reden, ob du wirklich willst."

„Natürlich möchte ich, ganz, ganz sicher sogar", sagte die Feder.

„Es gibt eine Menge, was ich dir jetzt erzählen muss. Ich sagte eben, dass man nur das wahrnehmen kann, was man mit Liebe sieht. Für all das, was du auf der Erde siehst, hast du nach und nach Gefallen gefunden und es ist dir wichtig. Aber dies hat noch nicht viel mit Liebe zu tun, was Liebe ist, kannst du erst auf deiner Reise erfahren, denn du kannst zur Zeit alles erfassen, was du siehst, aber es steckt viel mehr hinter allem, Liebe, Gefühle, die allem, was geschieht, eine Einzigartigkeit verleihen, die du nicht wie eine Formel auswendig lernen kannst. Hast du dich noch nie gefragt, warum auf der Erde unten so viele Menschen und Tiere sind und wieso du keinen in der Luft siehst, der genauso ist wie du?"

Die Feder plusterte den Wind durch sich und sagte: „Sonst hätte ich sicherlich längst Freunde gefunden."

„Man sieht nur das, was in der Liebe wohnt", sagte der Vogel. „Es gibt ganz viele Federn, Herzen und allerhand anderer unsichtbarer Wesen, die so fühlen wie du, du kannst sie jedoch nicht sehen, weil dich nichts mit ihnen verbindet, auch wenn sie genau so fühlen wie du und „Freunde" finden wollen, du kannst sie nicht wahrnehmen, noch nicht, aber du willst doch, oder?"

Die unsichtbare Feder wurde ganz aufgeregt: „Ich will alle kennenlernen, natürlich nur, wenn sie mich auch kennenlernen wollen."

Der weise unsichtbare Vogel lächelte warm und freundlich: „Alle wirst du nicht kennenlernen können und du wirst auch nicht wollen, denn bedenke, auch wenn du in der Ewigkeit lebst, der Moment ist stets vergänglich und unendlich kostbar und ein Freund, den man wirklich liebt, ist jemand, mit dem man den Moment teilt, mit allem, was er in sich birgt, das weißt du doch nun schon, das hast du eben selber gesagt, auch wenn du es noch nicht umsetzen kannst, weil du zum Einen noch keinen Freund hast und zum Anderen noch nicht von der tiefen Bedeutung der Dinge bescheid weißt.

Ich frage dich nun, willst du auch zu denen auf die Erde, die du ständig beobachtest, mit ein paar von ihnen all das zu finden und schätzen zu lernen, was du suchst und bist du wirklich bereit dazu den teuren Preis zu bezahlen?"

Die unsichtbare Feder wurde ängstlich: „Was für ein teuerer Preis?" Der Vogel steckte die unsichtbare Feder zärtlich in sein Gefieder: „Es ist eigentlich kein teurer Preis, weil er sich lohnt, aber du wirst auf der Erde nichts mehr von unserem Gespräch wissen und daher oft fragen und über das klagen, was dir passiert, aber ich verspreche dir, dass du alles, was du finden und erfahren möchtest, erfährst und wenn du nach deinem Leben dort unten zurückkommst, so wird all dies eingetroffen sein, was du dir gewünscht hast."

„Wieso werde ich mich nicht daran erinnern können, das wir gesprochen haben, dann bekomme ich doch Angst und das ist, so weit ich gelernt habe, ein Gefühl, dass schlimm sein muss", sagte die Feder.

„Weil auch die Angst und die Ungewissheit Dinge sind, die dir zu deinen Zielen verhelfen werden, auch wenn du sie mir noch nicht alle genannt hast. Ich werde es dir beweisen, du musst mir jetzt nur vertrauen und bedenke dabei, passieren kann dir nichts, denn du kommst hinterher wieder zu mir und dann wirst du dich erinnern, auch an das, was du auf der Erde erlebt hast. Aber nun sage mir, was möchtest du alles erreichen?"

„Ich möchte richtige Freunde finden", sagte die Feder wieder mit Mut in der Stimme. „Ich möchte so gerne fühlen, wie die Menschen und anderen Wesen auf der Erde, die ich beobachte, ich möchte, wenn sie lachen, mich genauso fühlen wie sie, so richtig in sie reinversetzen. Der letzte Punkt ist ganz wichtig, ich möchte das lernen, was du sagst, dass ich es nicht kann, ich möchte alles zu schätzen wissen, dass jeder Moment endlich ist."

Der Vogel öffnete ganz weit seine Augen. „Da unten, da warten zwei Eltern auf ihr Kind, der Platz ist noch frei und er wäre ideal für dich, die Wünsche von der Familie, ihre Ziele auf der Welt, lassen sich ideal mit deinen verbinden."

Die Feder wollte zustimmen, aber im gleichen Moment flog der Vogel schon in Windeseile auf die Erde und im selben Moment hörte man es auf der Erde laut rufen und ein Gequäke erklang und ein kleines Kind erblickte das Licht der Welt.

Kapitel zwei – Kenny

Kenny war nun schon zehn Jahre alt. Er lag auf seinem gemütlichen Bett und las ein Buch, dass vom Traumland des Friedens handelte. In ihm schlummerte eine große Angst, aber er zeigte dies nicht direkt und es merkte auch kaum einer.

„Mami, aber es kann auch sein, das ich vielleicht nicht sterben muss, oder?", fragte er mit zweifelnder Stimme, als würde er ein Nein erwarten.

„Ich weiß es nicht, mein Süßer", sagte die Mutter und Kenny hörte genau, dass sie fast weinte und ihm war mit seinen jungen Jahren durch diese schwammige Antwort bewusst, dass sie ihm auch hätte sagen können, dass sie es nicht glaubt.

„Aber danach, ich meine, wenn ich doch sterben sollte, dann sehen wir uns doch ganz bestimmt wieder, ich warte dann auf euch alle und ihr müsst dann auch von hier aus mit mir reden, ist doch klar, oder?" Kennys Stimme hatte nun selber etwas Kummer angenommen und er hätte gerne geweint. Er wollte aber nicht weinen, sonst hätte er seine „Überzeugung" verloren.

„Ja, wir denken dann immer an dich", sagte die Mutter. Kennys Stimme wurde ein wenig verzweifelt und traurig. „Aber wir sehen uns auch wieder, Mami, ich sehe alle wieder, auch meine Freunde?" Die Mutter kreiste mit dem Kopf und ihre Augen waren glasig. Kenny wusste nun, dass er alleine hoffen musste und das es wohl keine Garantie für seine Hoffnung gab. „Warum bin ich eigentlich so krank, Mami, und warum habe ich eigentlich diesen Tumor?" „Das weiß nur Gott", sagte die Mutter. „Also gibt es ihn und wir treffen uns bei ihm wieder!", rief Kenny und schöpfte wieder Hoffnung. „Ich hoffe es so sehr", sagte die Mutter. Kenny hätte so gerne eine Erklärung gehört und diesmal ein Ja, denn diese Ungewissheit war so trostlos, so schrecklich. Aber er wollte seine Angst unbedingt loswerden, dass der Tod ein Ende, ein Nichts sein könnte. „Mein Teddy und mein Affe kommen mit in den Himmel, dass haben die mir versprochen. Wir warten dann zusammen und mit den Beiden, da brauche ich keine Angst zu haben!" Kenny drückte die Beiden fest an seine Brust.

Im Käfig zwitscherte der Vogel Caesar. Er kletterte heraus und landete auf Kennys Bettdecke. „Du wunderst dich bestimmt, warum ich mich fürchte, ihr Vögel, ihr kennt bestimmt die ganze Wahrheit, du bist schon ein tolles Tier", sagte Kenny. Caesar knabberte an der Bettdecke und fand einen Krumen von Kennys Frühstück. „Du bist einer meiner aller liebsten Freunde, Caesi, und wir werden da oben dann miteinander reden können und du wirst mir dann alles sagen können, was ich jetzt nur vermuten kann!" Kenny fühlte sich auf einmal schwach und lehnte sich nach hinten. Caesar schien zu merken, dass Kenny Ruhe benötigte und flog auf den Schreibtisch. Von dort aus beobachtete er Kenny. „Mami, ich bin so müde." „Dann schlaf jetzt ein wenig, dann können wir heute Nachmittag was Schönes machen." „Mami, ich wach doch wieder auf, wenn ich jetzt schlafe, oder?" Die Mutter machte nun ein besorgtes Gesicht, aber sie schien immer noch nicht zu verstehen, dass es hier um Kennys Ängste ging und bisher konnte man den Eindruck gewinnen, dass es um die Ängste der Mutter ging, welche Kenny stets mit seinen eigenen Gedanken zu mildern versuchte, wobei er nicht im geringsten davon überzeugt sein konnte, was er selber sagte, dazu hatte er viel zu viel Angst. „Ich bleibe hier bei dir sitzen und passe auf dich auf, mein Lieber", sagte seine Mutter, statt ihn zu beruhigen.

Anderthalb Stunden später wachte Kenny wieder auf. „Ich finde dafür alles viel, viel schöner als alle anderen Kinder und bin viel glücklicher", sagte Kenny. „Wieso sollte das so sein", sagte seine Mutter nicht feinfühlig, als würde sie nicht im geringsten verstehen, was Kenny meinte. Dies bemerkte Kenny und dies machte ihn traurig. Es entmutigte ihn nicht nur, er hatte so gehofft, einen Ansatz gefunden zu haben, der seinem Schicksal einen kleinen „Vorteil" geben konnte. „Na weil ich bald sterben muss und die Anderen viel länger leben und genießen dürfen", sagte er. Man konnte deutlich hören, dass seine Stimme jetzt trauriger klang. Seinen ersten Satz hatte er so überzeugt und stolz gesagt, dass es einen hätte glücklich machen können und überzeugen. Es fehlten ihm die Worte um sein Denken zu erklären und zu begründen, aber Kenny wollte seinen Gedanken eigentlich gar nicht begründen und jetzt sowieso nicht mehr.

„Ich habe Hunger", sagte er und sein Magen verlangte sofort nach etwas. „Ich mache dir eine Scheibe Brot, wir gehen ja später zum Italiener und da willst du doch noch was essen, oder?" Kenny nickte. „Eine Scheibe Toast reicht mir völlig, ich freue mich schon sehr auf den Italiener." Er biss vier Minuten später in das Wursttoast, von welchem er ein paar Krümel abmachte und sie auf die Bettdecke legte. Die Mutter verließ den Raum um die Wäsche aufzuhängen und als sie draußen war, flog Caesar auf Kennys Decke, um, wie von ihm beabsichtigt, die Krümel zu picken. „Dafür darf ich dich kennen", sagte er zu ihm. „Morgen kommt Mick und dann bin ich wieder ganz glücklich", fügte Kenny hinzu. „Wenn ich dann aber schon tot bin, dann musst du dir keine Sorgen machen, ich bin dann trotzdem bei dir", weinte Kenny. Er hatte eine verdammte Angst in sich, die jetzt, wo die Mutter draußen war, endlich rauskam und raus konnte.

Warum konnte ihm keiner versprechen, dass der Tod nichts Schlimmes ist, warum konnte ihm jeder sagen, dass er bald stirbt und nicht mehr da ist und dabei nicht einmal erklären, was der Tod überhaupt ist?

„Du kennst die ganze Wahrheit, Caesi, und wenn nicht, dann hast du bestimmt den richtigen Gedanken. Ich weiß genau, dass du mich verstehst und deshalb möchte ich dir sagen, dass ich dich liebe." Es war noch etwas Zeit bis zum Besuch beim Italiener. Kenny erinnerte sich, dass seine Mutter etwas mit ihm unternehmen oder machen wollte und daran erinnerte er sie.

„Mama, können wir zum Spielplatz gehen und bekomme ich dort ein kleines Eis?" Kenny klang vorsichtig, da er die Antwort schon ahnte.

„Wir gehen heute Abend zum Italiener, da spendiere ich dir nicht auch noch ein Eis", sagte sie.

„Du hast aber gesagt, dass wir etwas Schönes machen, wenn ich wieder aufwache." Kenny sagte dieses vorsichtig. „Ich konnte nicht wissen, dass was Schönes heißt, dass ich dir was kaufen soll, ich dachte eher daran, dass wir vielleicht ein Würfelspiel machen."

Kenny wusste, dass eine derartige Antwort kam. „Ich mag nicht würfeln", sagte er und beleidigt verließ seine Mutter das Zimmer.

Kenny stand nun auf, begann ein Bild zu malen und sagte dann zu seinem Vogel: „Sie macht immer nur Dinge, die für sie schön sind, ich darf nie entscheiden, egal, aber dann soll sie gar nicht erst so etwas versprechen." Dann nahm Kenny sich seine Lieblings CD und ruhte sich aus.

Beim Italiener verdrückte Kenny zuerst eine kleine Suppe, dann eine Portion Nudeln und zum Schluss noch zwei Kugeln Eis. Seine Augen strahlten.

„Jeden Tag könnte ich so gut essen, jeden Tag, Mama!"

Der Vater wuschelte ihm durchs Haar. „Wenn ich nicht so viel arbeiten müsste, so würde ich öfter für dich kochen, dass wäre dann auch sehr lecker und wenn die Zeit reichen würde, so könnten wir auch häufiger essen gehen, aber es geht nicht und es soll ja auch etwas Besonderes bleiben, dass verstehst du doch, oder?" Kenny nickte gemütlich mit dem Kopf. Er fand es schade, dass sein Vater fast nie Zeit hatte und die Worte „Wenn ich Zeit hätte" kannte er mittlerweile so gut, dass er sie einfach nur wahrnahm, ohne sie mit Hoffnung oder Träumereien nach dem besagten „Wenn" zu füllen. Als er später im Schlafanzug im Bett lag, war er so müde, dass er nicht mehr viel nachdachte. Er war nicht sorgenfrei, aber er war zufrieden. Er freute sich auf den nächsten Tag, denn er würde nicht nur seine Freunde in der Schule treffen, er würde auch ungestört mit seinem aller liebsten Freund Mick reden können. „Mick ist ein ganz besonderer Freund!" Kenny gelang es für einen kurzen Moment zu lächeln und dann war er auch schon eingeschlafen.

Kapitel drei – Ein fast normales Leben

Am nächsten Morgen stand Kenny um 07:00 Uhr auf und nachdem er gefrühstückt und Caesar frisches Wasser und Futter gegeben hatte, brachte seine Mutter ihn in die Grundschule.
Dort musste er die meiste Zeit, um sich zu schonen, auf dem Sofa liegen und holte sich nur dann und wann neue Aufgaben. Er hätte gewiss auch, wie alle anderen Kinder, auf einem normalen Stuhl sitzen können, die Lehrer hatten jedoch Angst, dass Kenny sich überanstrengen könnte und dass ihm hierdurch etwas passieren könnte. Seine Eltern hatten nur mit viel Mühe erreichen können, dass Kenny wenigstens in den Pausen mit seinen Freunden auf den Pausenhof gehen durfte. Hier im Klassenzimmer musste, so der Schulleiter, er sich jedoch schonen und durfte das Sofa nur verlassen, „wenn es unbedingt nötig war." Dies war ein wenig übertrieben, da Kenny mittlerweile sehr wohl einschätzen konnte, was gut für ihn ist und wann er sich hinlegen musste und selber alles dafür tat, keinen Hirndruck zu bekommen, der bei Überanstrengung durch den Tumor leicht ausgelöst werden konnte. Als er noch kleiner war, war er im Kindergarten zwei Mal in Ohnmacht gefallen, weil er Fangen gespielt hatte und ihm hierdurch schwindelig geworden war. Seither musste immer ein Sofa für Kenny zur Verfügung stehen, auf welchem er sich schonen musste. Diese Bevormundung der Lehrer, die oft nicht einmal wussten, was für einen Tumor Kenny genau hatte, bereitete ihm oft mehr Schwindel und Kopfschmerzen als der Tumor selber, so Kenny. Doch auch jetzt, wo er nicht mehr so klein war, dass er sich überschätzte und so viel Erfahrung und Vernunft hatte, sich nicht zu verausgaben, musste er die meiste Zeit auf dem Sofa liegen. Deswegen kamen zwischendurch immer wieder die anderen Kinder zu ihm, entweder

um mit ihm zu plaudern, dann waren es seine Freunde, oder sie fragten ihn aus, oder manche gaben dumme Bemerkungen ab, dann war es einer von den anderen Mitschülern. So war es immer und so war es auch heute. Er lag noch nicht lange, da gesellten sich Mick, Paul und Bill zu ihm, da sie gerade eine kleine Zwischenpause hatten.

„Möchtest du noch etwas haben, ich hole dir gerne etwas zur Beschäftigung", sagte Mick.

„Wie wäre es mit einem Tee?", fragte sein Freund Bill.

„Danke, ich bin sehr zu Frieden, und wenn ihr da seit, brauche ich nichts Weiteres, wir können doch quatschen, es ist schließlich Kurzpause und da darf keiner meckern, wenn wir mal länger als drei Minuten reden. Was hast du denn gestern gemacht, Paul?"

„Wir waren auf dem Spielplatz und haben anschließend Pommes gegessen, dass war super!"

„Wir waren im Zoo und ich habe einen Elefanten geküsst", sagte Bill.

„Ich war im Park und habe Fußball gespielt", sagte Mick.

„Ich habe gelesen und nachgedacht und CD gehört", sagte Kenny.

„Mein Hund Frankenstein hat gestern den ganzen Frühstückstisch leergefressen, als wir gerade nicht dagewesen sind." Paul kicherte. Er lief ein wenig auf den Knien herum und stellte nach, wie der Hund ausgesehen haben muss. „Wenn ich ein Hund wäre, so würde ich in eine Fleischerei gehen, und das jeden Tag, Wuff, Wuff!" Bill schmunzelte und blickte zum Fenster heraus. So quatschten sie eine ganze Weile, bis Ann-Katrin kam und das tat, was sie und gewisse andere Mitschüler immer taten, blöde Fragen stellen, bzw. blöde Bemerkungen machen.

„Meine Mutter hat gesagt, wenn sie deine Mutter wäre, so würde sie dich nicht in die Schule schicken, sondern dafür sorgen, dass du die wenigen Tage, die dir noch bleiben, noch Spaß hast!" Ann-Katrin klang ziemlich großkotzig.

„Dafür, dass es nur ein paar Tage sein sollen, bin ich ja schon ganz schön alt geworden. Sag deiner Mutter, dass sie keine Ahnung hat. Mir geht es gut in der Schule und ich will nirgends anders sein." Da kam Maren und mischte sich ein: „Ich finde es auch nicht schön, dass du hier immer auf dem Sofa herumliegst, gehe doch ganz wo anders hin, wenn du so tot krank bist, du störst hier nur."

Da mischte sich Mick, Kennys bester Freund, ein. Er stand auf, schlang seinen Arm um Marens Hals und schrie ihr, da sie sich laut wehrte, ins Ohr: „Lass Kenny in Ruhe, sonst sage ich dem lieben Gott, dass er dir auch so ein Männchen in den Kopf setzen soll, dass es irgendwann, wenn es Lust darauf hat, dein Herz anhält und du ganz, ganz bald tot bist, noch schneller als Kenny, du blöde Kuh!"

Paul huschte rasch zu den Beiden und fauchte Maren an: „Ich habe dem lieben Gott schon bescheid gesagt, er braucht nur noch ein Okay, nun sag schon ja, du willst doch so gerne aufs Sofa, oder etwa doch nicht?"

Maren fing an zu weinen und da sie nicht aufhörte, wurde sie nach zweieinhalb Stunden von ihrer Mutter abgeholt. Mick und Paul schüttelten, als Maren ging, den Kopf. Die Beiden waren schon damals ärgerlich und wütend, dass nicht verhindert werden konnte, dass Maren in die gleiche Klasse gesteckt worden ist wie Kenny, da sie sich schon im Kindergarten stets beschwert hatte, dass Kenny auf dem Sofa liegen durfte und sie kein Sofa für sich auf Dauer beanspruchen konnte.

Ihre Mutter hatte damals zwar schon hin und wieder versucht, Maren zu beruhigen, aber Maren war uneinsichtig und da ihre Eltern, ins Besondere ihr Vater, absolut kein Verständnis für Kennys Situation hatten, Maren zudem

das Lieblingskind der Familie war, konnten jegliche Bemühungen nur fruchtlos bleiben, besser gesagt, es wurde sich nicht lange bemüht so etwas wie Verständnis oder gar Akzeptanz bei ihr zu erwerben.

Gegen Mittag kam auch Kennys Mutter und holte Kenny und Mick ab.

Kenny und sein Freund verzogen sich aufs Zimmer.

„Endlich alleine mit dir", sagte Mick und nickte Kenny zu.

„In der Schule kann man gar nicht richtig quatschen, weil immer jemand da ist. Paul und Bill stören natürlich nicht die Spur, aber die meisten Anderen können echt blöd sein." Kenny sagte diese Worte sehr ernst.

„Das stimmt, und jemandem wie Maren sollte man die Schule verbieten, sie wird sowieso nichts lernen, jedenfalls nichts, was das Leben betrifft." Mick sprach mit ruhiger Stimme.

Da klopfte es an der Zimmertür und Kenny wurde ein Päckchen von seinem Onkel überreicht. Er bedankte sich in einem Ton, der deutlich machte, dass die Mutter nicht bleiben und schauen sollte, sondern gleich wieder gehen. Das tat sie und Kenny öffnete rasch das Päckchen.

Kenny sah wie ein besorgter Vater aus, dem der Sohn gerade etwas erzählt hat, auf was er stolz ist, der Vater dieses aber gar nicht gut findet.

„Drei mal Schokolade, drei mal Gummibärchen, Kaugummis und einen Gutschein für zwei Burger, die lösen wir zusammen ein." Mick sah mit großen Augen, was Kenny alles bekommen hatte. plötzlich rollten ihm ein paar Tränen aus den Augen. Er wischte sie schnell wieder weg, aber Kenny hat es gesehen.

„Mick, wenn irgendetwas los ist, sag es, ich will dir doch auch mal helfen!"

Mick sah an sich hinunter. „Ich bekomme so etwas nie zu Hause und du ständig, ich gönne es dir gerne, du bist krank und ich kann froh sein, dass ich gesund bin. Trotzdem muss ich zugeben, dass ich auch gerne einmal ein Päckchen bekommen würde. Tut mir leid, dass ich fast geweint hätte, das war nicht richtig von mir."

Kenny bildete rasch zwei Häufchen und schob einen Mick zu.

„Weißt du, Mick, immer diese Päckchen: „Damit es dir bald wieder gut geht, das machst du so gut", oder am Besten: „Ich würde das nicht so schaffen", als ob mein Leben und mein Schicksal dadurch besser werden würde, natürlich freue ich mich sehr, wenn ich merke, dass an mich gedacht wird, aber es bringt mir absolut nichts. Außerdem weiß ich gar nicht, ob ich das so gut mache. Die Meisten würden bestimmt auch das Beste draus machen, und wenn es nur deswegen ist, weil einem nichts anderes übrig bleibt. Wenn du dann aber bei mir bist, Mick, und ich meine Zeit und meine Angst und alles Weitere mit dir teilen kann, so geht es mir gut und ich werde gar nicht daran erinnert, was mit mir los ist, das ist viel schöner als Päckchen und es bringt mir etwas. Wenn wir dann aber doch darüber reden, dass ich krank bin, kann ich mir wenigstens sagen: „Dafür hast du einen ganz, ganz tollen Freund, mit dem du so richtig reden kannst", und das bist du, Mick."

Während Kenny ihm die Süßigkeiten auf den Schoß legte, umarmte Mick Kenny.

„Aber eigentlich darf ich ja nix Süßes essen, sonst sehe ich bald aus wie Speckwurst, sagt meine große Schwester und meine Mutter!" Er fing an zu weinen.

„Nimm sie trotzdem und teile sie dir gut ein. Du bist kein bisschen Speckwurst." „Aber was ist, wenn ich dann so richtig dick werde?"

„Du wirst es nicht, Mick, und wenn, Hundeschnauze, ich hab dich gern, so wie du bist." Mick lächelte leicht, sein Gesicht betrübte sich kurze Zeit später jedoch wieder.

„So ganz Hundeschnauze kann ich das nicht nehmen, außerdem will ich mich nicht bei dir ausheulen, lass uns etwas Lustiges machen, damit wir beide lachen können." Kenny schüttelte den Kopf. „Du kannst, du sollst sogar, mit mir über deine Ängste reden, wir sind doch Freunde. Das ist mir ganz wichtig, Mick. Und was Anderes machen? Ich nehme das Leben die meiste Zeit so ernst, dass mir momentan nur Blödsinn als sinnvoll erscheint."

Mick fing an zu überlegen.

„Klingelstreiche fallen für dich weg, du kannst nicht rennen, nicht lange, und außerdem sind Klingelstreiche irgendwie witzlos."

„Telefonstreich", strahlte Kenny und holte das tragbare Telefon, von welchem die Nummer unterdrückt wird.

0216463032

„Das ist die Nummer von unserem Lehrer nächstes Jahr, Kenny, die würde ich nicht nehmen." Mick sah scheu aus.

„Du bist wirklich gut erzogen, aber das ist schon okay, schau'n wir mal, wie der drauf ist, sind ja nicht so fies zu ihm, soll ja lustig sein und nicht gemein!"

Die Beiden wählten die Nummer und bevor Kenny anfing zu reden, holte er tief Luft, damit seine Stimme auch ganz tief klang.

„Ich wünsche Ihnen einen wunderschönen Tag, Herr Tassebau, Sklug mein Name von der Firma für Umfragen und Statistik „Skluk & Sklackelik". Wir hätten ein paar Fragen an Sie und bitten Sie nicht gleich aufzulegen, da diese teils etwas merkwürdig sind."
Herr Tassebau stimmte zu und Kenny fragte einfach drauf los.

„Was für ein Muster hat Ihr Klopapier?"
Herr Tassebau dachte kurz nach. Dann erwiderte er mit ruhiger Stimme: „Es müsste ein Streifenmuster haben."
Kenny: „Nein, vor dem Gebrauch meine ich natürlich!"
Herr Tassebau: „Natürlich, hinterher ist es bestimmt kariert."
Kenny und Mick grinsten.
Kenny wollte möglichst professionell wirken, deswegen redete er weiter. „Wissen Sie, die Franzosen benutzen nur Klopapier, das unter Garantie keine Streifen hat, da sie befürchten, jemand könnte die Nationalflagge draufmalen, deswegen sind die Blätter dort rund und haben immer Blumenmotive.
In Deutschland werden bevorzugt farblose Rollen verkauft, die auch, wie Ihre, gestreift sind.
Eine Frage habe ich da auch noch.

Was halten Sie von Vögeln?"
Herr Tassebau schien spätestens jetzt zu merken, dass dies kein Gespräch mit höherem Sinn zu werden schien. „Ich verstehe nicht ganz."
Kenny, der ahnte, dass sein zukünftiger Lehrer keinen Übergang

erkannte und daher nicht wusste, in welche Richtung das Gespräch führen sollte, überlegte sich eine Erklärung für seine Frage, die er aus der Tiefe seines Herzens, voller Liebe, vortrug. „Vögel sind die intelligentesten Tiere, die es gibt. Keiner konnte je ihre Sprache erforschen und dadurch, dass es keiner beweisen kann, ist es bewiesen, dass sie total liebebedürftig und geheimnisvoll sind."

Herr Tassebau: „Ich wüsste gerne, woher dieses Wissen stammt, außerdem habe ich eine Katze."

Kenny sah Mick, der alles anhörte, an. Mick, welcher über den Lautsprecher mitgehört hatte, flüsterte Kenny ins Ohr: „Irgendwie ein bisschen blödelich ist der aber schon. Leg auf!" Mick grinste, während er all dies sagte.

„Blödes Vieh, dummes Tier, unliebebedürftige Stinktiere!" Kenny legte auf.

Mick sah seinen Freund an. „So, jetzt haben wir ein paar Minuten vertrödelt und was sollte das?"

Kenny wusste keine Antwort. „Lass uns über die Straße zum Spielplatz gehen, da ist jetzt um diese Zeit keiner."

Kapitel vier – Kenny ist nicht alleine

Es war jemand auf dem Spielplatz, aber kein Mensch. Ein Babyspatz quiekte verzweifelt und Kenny eilte mit Mick herbei.

„Der ist bestimmt ein Baby oder ein alter Opa, aber ich glaube, er braucht auf jeden Fall Hilfe. Wenn ich nur wüsste, was er möchte!" Kenny war ganz aufgeregt. „Mein Vater hat mir mal gesagt, dass Babyspatzen, wenn sie noch keine Körner essen dürfen, rohes Hackfleisch essen. Pass du rasch auf, ich besorge welches!" Mick rannte los. Kenny nahm in dieser Zeit den kleinen Vogel in seine Hand und flüsterte ihm ein paar Worte zu.

„Na, du kleiner Vogel. Du brauchst jetzt keine Angst mehr zu haben, denn du hast jetzt zwei Freunde. Du hast bestimmt trotzdem Angst, aber Mick und ich, wir werden alles dafür tun, dass es dir wieder gut geht, dass kannst du mir glauben."

Mick war schnell wieder bei Kenny und er hatte in seiner Hand etwas Hackfleisch. „Der Metzger hat es mir geschenkt, ich habe gesagt, dass es ein Notfall ist. Ich habe es besonders klein hacken lassen." Mick hielt dem Spatz die Hand vor den Schnabel. Der kleine Vogel pickte hungrig los.

„Der ist bestimmt ein Baby, sonst wäre er doch schon weggeflogen." Mick war sich sicher. Kenny blickte traurig auf den Spatzen. „Seine Eltern haben ihn bestimmt vergessen. Der arme kleine Vogel, wie soll er denn nun fliegen lernen und wie soll er sein Essen finden, wenn es ihm keiner beibringt?"

„Ich nehme ihn einfach mit zu mir nach Hause, mein Vater kennt sich sehr gut mit Vögeln aus, der weiß bestimmt, was zu tun ist. Ich glaube, er hat heute frei, lass uns gleich gehen, pass aber gut auf den Kleinen auf."

Kenny nickte vorsichtig, damit er dem Vogel nicht weh tat. Die Beiden gingen gemütlich los und nach zwei Straßenecken standen sie schon vor Micks Wohnung. Sie waren kaum zur Tür herein, da sagte Micks Vater: „Der ist aber noch arg klein, hoffentlich wird er überleben." Die beiden Jungs sahen sich erschrocken an, wieso überleben, wieso wurde das in Frage gestellt. Es dauerte eine Weile, da fand Kenny seine Worte wieder. „Wieso muss er vielleicht sterben?" Der Vater wies Mick und Kenny auf das Sofa. Dann begann er zu erklären. „Man weiß nicht, wie lange er schon von seiner Mutter weg ist. Er macht einen sehr schwachen Eindruck und ich weiß nicht, ob er sich von allen Strapazen erholt, die er vielleicht erleben musste, aber wir werden natürlich alles tun, damit er wieder aufgepäppelt wird." „Was passiert, wenn er nicht wieder fitt wird, muss er dann sterben?" Mick klang traurig, als er diese Worte aussprach. „Ja, dass kann schon passieren", sagte sein Vater mit schwerem Herzen. „Ich muss jetzt nach Hause gehen, darf ich Morgen wiederkommen, um zu sehen, wie es ihm geht?" Kenny bückte sich dicht über den kleinen Spatzen. „Du kannst kommen, wann immer du magst, Kenny, immer", sagte Micks Vater. Mick brachte Kenny noch zur nächsten Straßenecke und dort verabschiedeten sie sich. Kenny kam kaum zur Tür herein, da rief sein Vater schon zum Abendessen. Am Tisch erzählte Kenny aufgeregt von dem kleinen Vogel. „Ich habe so große Angst, dass er sterben muss. Der arme kleine Vogel. Es war überhaupt kein anderer Vogel bei ihm auf dem Spielplatz, kein Freund und keine Familie. Er hat nur Mick und mich."

„Tiere brauchen keine Freunde", sagte seine Mutter. „Alle brauchen Freunde und auch Familie", erwiderte Kenny. „Sicher. Aber ein Tier wird großgezogen und geht dann alleine durch sein Leben, du brauchst dir also keine Sorgen zu machen, dass er alleine ist, das ist normal." Kennys Vater klang ruhig und ziemlich emotionslos, als er diese Worte sprach. Kenny fing bitterlich an zu weinen. „Er braucht Freunde, und weil er die braucht, sind Mick und ich seine Freunde. Er darf nicht sterben, er ist doch noch ein Baby!"

Der Rest des Abendessens verlief ruhig. Kennys Vater blickte traurig. Doch er erkannte die Angst um sein eigenes Leben nicht, die in Kennys Worten steckte. Nach dem Essen nahm er Kenny auf den Schoß.

„Ich bin stolz auf dich, Kenny. Du bist stark und tapfer, trotz deines Schicksals. Der Vogel ist dir ans Herz gewachsen, oder?" Kenny nickte. „Es bringt oft nicht viel, stark und tapfer zu sein, alle denken immer, ich bin tapfer, aber ich bin krank und ich weiß das, ich habe trotzdem Angst, weil ich nicht weiß, ob sterben schlimm ist." Er fing an zu weinen. „Wenn der Vogel stirbt und wenn sterben etwas Schlimmes ist", die Tränen erstickten Kennys Worte. Der Vater konnte nicht ertragen, Kenny weinen zu sehen. Deswegen setzte er ihn von seinem Schoß. „Sterben kann nicht so schlimm sein, Kenny. Es ist unfair, dass es bei manchen schon so früh so weit ist, aber bitte fürchte dich nicht." Kenny konnte die Angst, die in der Stimme seiner Mutter lag, deutlich hören und spüren. Er sehnte sich so danach, in diesem Moment von seinen Eltern in den Arm genommen zu werden. Aber es geschah nichts. Kenny drückte seine Eltern so fest wie er konnte und sagte: „Ich hab euch lieb, ganz lieb habe ich euch." Dann ging Kenny Zähne putzen, sagte seinen Eltern gute Nacht und schloss dann die Zimmertür. Er legte sich noch nicht schlafen. Er ging noch zum Vogelkäfig. „Caesi, du bist zwar kein Spatz, sondern ein Nymphi, aber das ist egal. Wenn ich Unsinn reden sollte, dann hack mir in den Finger. Ich habe heute mit Mick einen Babyspatz gefunden. Er war ganz alleine und er muss vielleicht sterben. Mama und Papa sagen, dass ein Vogel keine Freunde braucht und auch keine Familie. Ich glaube schon, dass das so ist. Du brauchst uns doch auch und du willst doch auch nicht ohne uns und alleine sein, oder?" Er fing wieder ein wenig an zu weinen. Caesar kletterte aus seinem Käfig und flog auf Kennys Kopf. Dieser beruhigte sich wieder und dachte sich bestätigt. Als Caesi wieder in den Käfig flog, legte sich Kenny ins Bett und dachte über den Sinn eines kurzen Lebens nach. Er beschloss am nächsten Tag Mick von seinen Gedanken zu erzählen. Er stand am nächsten Morgen früh auf und zog sich an. Dann rief er bei Mick an. „Ich kann dir nicht sagen, wie es unserem Spatz geht, Papa sagt es mir nicht", erzählte Mick aufgeregt. Kenny sagte schnell seinen Eltern bescheid und rannte sofort los. Er ahnte schlimmstes und kam ganz außer Atem bei Mick an. „Hallo, Kenny, willst du mit uns frühstücken?" Der Vater klang ruhig, aber freundlich. „Ich möchte wissen, wie es unserem Freund geht." Der Vater nahm Kenny am Arm und führte ihn ans Sofa, wo Mick bereits aufgeregt wartete. „Es tut mir leid, aber euer Freund hat es leider nicht geschafft." Er war froh, als er diese schwierigen Worte endlich ausgesprochen hatte. „Darf ich ihn sehen?" Kenny fragte schüchtern wie ängstlich. Der Vater holte ein Pappkästchen herbei und öffnete es. Kenny streichelte mit seinem Zeigefinger über den daliegenden Vogel. „Hat er gewusst, dass wir seine Freunde sind?", fragte Kenny. Der Vater nickte bestimmt und fügte dann hinzu: „Ganz sicher wusste er das. Alleine schon deswegen, weil ihr ihm Futter und Milch gebracht habt. Er ist einfach nur ruhig eingeschlafen und jetzt schläft er ganz, ganz tief!" „Er ist tot, das ist etwas Anderes", Kenny stiegen Tränen in die Augen, als er diese Worte aussprach. „Er ist jetzt im Spatzenhimmel", sagte Mick. Man merkte, dass er sich mit diesen Worten versuchte selbst zu beruhigen. „Gestern habe ich darüber nachgedacht, was der Sinn von einem so kurzen Leben ist." Kenny klang sehr erwachsen, als er dies betonte. „Jedes Leben hat einen Sinn", sagte Micks Vater. Die beiden Jungs blickten erwartungsvoll auf ihn. „Nun, ich versuche es euch zu erklären. Es fängt schon mit der Geburt an. Jeder Mensch und auch jedes Tier hat zwei Eltern, die beschlossen haben, dass es jemand Dritten geben soll. In diesem Falle war es der kleine Spatz." „Aber die Eltern waren nicht da, sie haben ihm nicht geholfen", unterbrach Mick. „Das ist wahr. Die Eltern haben den Kleinen allein gelassen. Diese traurige Tatsache liegt in der Natur. Das Schöne ist jedoch, dass dies nichts an dem Grundsatz ändert, das er der herbeigesehnte Dritte ist. Hier bleibt der erste Sinn des Lebens von dem kleinen Spatzen erhalten. Dann hat er euch getroffen, dann habt ihr ihn gefunden. Ihr habt ihn in euer Herz geschlossen und er wird in euren Herzen weiterleben. Hier steckt ein zweiter Sinn, der auch positiv für den Spatzen ist. Er hat euch glücklich gemacht und sich in euer Herz gepiepst. Dort bleibt er auch und er wird so glücklich sein, wie er es gewesen ist, dass ihr ihn versucht habt zu retten." „Das verstehe ich nicht. Was ist nun für den Spatzen schön. Wo ist für den Spatzen der Sinn an seinem Tod, was ist der Sinn?" Kenny war anzuhören, dass er die Worte des Vaters seines Freundes absolut nicht plausibel fand. Micks Vater sagte eine Weile nichts. Dann sagte er unsicher und vorsichtig: „Der Sinn für ein kurzes Leben ist nicht ganz klar, aber man kann sagen, dass alles, was in seinem Leben passiert ist, einen Sinn hatte. So durfte er euch kennen lernen und es ist kein Zufall, dass er dich, Kenny, zum Freund hatte." Kenny nickte. „Das habe ich mir gestern Abend auch schon gedacht. Er wusste genau, dass ich ihn verstehe, weil ich krank bin. Er wusste auch, dass wir ihm helfen wollten, weil er wusste, dass wir wissen, in welcher Gefahr er sich befand. Ich bin nur traurig, dass wir sein Vertrauen in uns nicht so erfüllen konnten." Der Vater nahm Kenny in den Arm. „Ihr könnt gar nichts dafür, ihr könnt am aller wenigsten dafür." Kenny setzte sich neben Mick. „Weißt du, was der Sinn ist, das sein Leben nur so kurz war?" Mick sah Kenny an. Er verstand nicht wirklich, was Kenny meinte. „Der kleine Spatz hatte nur ein kurzes Leben, so wie ich auch nur ein kurzes Leben haben darf. Aber es muss doch irgend eine Gerechtigkeit dahinter geben, warum das Leben manchmal nur so kurz ist?" Mick nickte. „Ich werde alt werden, weil ich gesund bin. Du bestimmt nicht. Aber das ist doof, da gibt es keinen Grund, der das egal macht, Kenny, das ist einfach nur doof." Kenny lächelte. Mick sagte seine Worte so fest und überzeugend, dass sie ihn glücklich machten. „Ich finde es auch gemein, da hast du schon recht, aber es gibt einen Vorteil, den ich habe, den Andere vielleicht nicht haben. Der einzige wirkliche Vorteil kann nur sein, dass sterben, dass was danach kommt, genauso schön ist wie leben." Mick stand auf. „Es ist vielleicht das Gleiche. Unser Spatz ist jetzt bestimmt in den Himmel geflogen und wartet dort auf uns. Vielleicht kann ich ja mit dir in den Himmel kommen, Kenny, geht das, Papa?" Der Vater blickte traurig auf Mick. „Aber dann bist du ja nicht mehr bei uns. Bis wir dann in den Himmel kommen, dauert es noch lange und so lange möchte ich nicht ohne dich sein." „Das sehe ich schon ein, aber du musst dem Spatz sagen, dass ich gerne auch mitgekommen wäre, dass es nur nicht geht, damit er nicht sauer auf mich ist." Kenny weinte wieder. „Aber noch muss ich nicht dahin, noch darf ich leben. Ich kann nicht hier bleiben, aber ihr könntet mitkommen, dann bräuchte ich keine Angst zu haben, dann wäre ich nämlich nicht alleine." Mick und sein Vater wurden ratlos. Mick verstand nicht, warum

Kenny dachte, er solle jetzt schon in den Himmel gehen, aber er fühlte, dass sein Freund Angst davor hatte. Deswegen versuchte er rasch ein paar Worte zu finden. „Ich kann ja Gott bitten, wenn ich heute Abend bete, dass er auf dich aufpassen soll, besonders gut meine ich. Der Spatz ist ja auch da und er wird auch auf dich aufpassen." „Ich kenne Gott doch gar nicht. Woher kann ich wissen, ob er mich mag? Ich habe so viel Angst und weiß nicht wirklich, wovor ich am meisten Angst haben soll." Micks Vater sah auf einmal hell auf. „Kennst du eigentlich jemanden, der das gleiche hat wie du, Kenny? Oder kennst du jemanden, der vielleicht auch bald in den Himmel muss?" „Ich kenne keinen, der bald, wie ich, tot sein muss." Micks Vater ging zum Telefon und rief Kennys Eltern an. Unterdessen waren Mick und Kenny alleine.

„Glaubst du, dass es viele wie mich gibt, die bald sterben müssen?" „Ich kann mir das nicht vorstellen, ich kenne keinen und so viel Ungerechtigkeit, ob es das gibt, weiß ich nicht, aber Papa weiß es bestimmt." „Hast du das vorhin ehrlich gemeint, als du sagtest, du würdest mit mir in den Himmel mitkommen?" „Das geht nicht, Papa und Mama sind noch hier. Ich will auch nicht sterben." Mick wirkte verunsichert. „Schade, aber wir bleiben trotzdem Freunde, oder?" „Klar, Kenny, klar, aber ich weiß auch gar nicht, wie sterben geht, deshalb hätte ich gar nicht sterben können." Kenny sah ihn erstaunt an. „Wie kann man eigentlich sterben, wenn man nicht weiß, wie es geht? Alle sagen, dass ich bald sterben muss, aber ich weiß auch nicht, wie es geht." „Vielleicht tut man es einfach, weil man es nur einmal tun kann und es deshalb nicht lernen kann." Da kam Micks Vater wieder rein.

„Kenny, Mick, ich hatte eben eine super Idee. Ich fahre euch Morgen, dich und Mick, oder deine Mutter fährt euch beide, ins

Krankenhaus. Dort gibt es viele Kinder, die dein Schicksal haben, Kenny, vielleicht findest du ja einige Freunde, die dich verstehen!" „Aber Mick versteht mich doch auch, oder, Mick?" Mick nickte, er tat dies jedoch zögerlich. „Darf ich überhaupt mitkommen, wenn das Kennys Freunde sein sollen?" „Ich möchte schon, dass du dabei bist." Kenny sagte diese Worte nicht bestimmend, sondern sehr herzlich. „Mick, du musst nur dabei sein, wenn du möchtest." Micks Vater legte den Arm um seinen Sohn. Mick sah Kenny fragend an. Dann weinte er. „Ich kann doch nicht dauernd mit Kranken zusammen sein und ich bin gesund, dass ist doch nicht fair für die. Ich bleibe hier." „Schade, aber ich darf dir doch von ihnen und dem Krankenhaus erzählen, das darf ich doch, oder, Mick?" Kenny streichelte seinem Freund, während er diese Worte sprach, über den linken Oberarm.

Dann klingelte es an der Haustür. Es war Kennys Vater, er holte Kenny und Mick ab, um sie in die Schule zu bringen.

Kapitel fünf – Blick in die Zukunft

Es war der letzte Tag in diesem Schuljahr für Mick und Kenny und allen anderen Kinder aus der Klasse. Deswegen stand heute ein ganz besonderes Programm auf dem Plan. Abschiedfeiern und das hieß, dass jedes der Kinder, die im nächsten Jahr in die fünfte Klasse gehen würden, etwas über sich und seine Zukunft erzählen sollte. Es war sehr lebhaft. Die Meisten freuten sich auf die neue Klasse und hatten vor, diese so schnell wie möglich zu beenden, um als Feuerwehrmann, Polizist, Müllmann oder als Arzt zu arbeiten. Die Meisten wussten auch schon genau, mit welchen Kindern sie in die Klasse kommen würden und freuten sich auch hierüber. Bei Mick und Kenny sahen die Zukunftspläne jedoch anders aus als bei ihren Mitschülern, die vor allem berichteten, was sie in den Sommerferien unternehmen würden. Als die Reihe bei Mick angekommen war, sagte er sehr ernsthaft: „Ich freue mich, wenn die Schule wieder anfängt, weil ich dann ganz viel lernen kann und dann bald so schlau sein werde, wie die Großen. Wenn ich dann groß bin und nicht mehr klein, dann werde ich kleinen und großen Menschen etwas über das Leben beibringen, wenn das als Lehrer möglich ist. Vielleicht werde ich aber auch Krankenpfleger und mache alle Menschen wieder gesund. Ich werde etwas tun, dass gut für Andere ist." Die Meisten erkannten die Tiefgründigkeit und den Wunsch, der in Micks Worten steckte, nicht und stöhnten gelangweilt. Da fragte die Lehrerin, was er mit „über das Leben beibringen" meinte. Mick guckte sie leicht gereizt an, da er sich nicht ernst genommen vorkam. „Das weiß ich auch nicht genau zu sagen, dass muss ich ja erst lernen, aber es gibt so viel über das Leben zu sagen, da gibt es, glaube ich, viele Möglichkeiten. Und je länger ich lebe, desto mehr Erfahrungen kann ich sammeln.

Wenn ich diese dann Anderen mitteilen kann, so könnte dies eine Variante sein."

Jetzt war Kenny an der Reihe. Er dachte lange nach, bis er sich entschloss, etwas zu sagen. „Ich freue mich auch schon wieder auf die Schule. Ich freue mich schon darauf, endlich so richtig wichtige Dinge, zum Beispiel Englisch lesen und sprechen, zu lernen, ein wenig kann ich es ja schon. Ich möchte Bücher lesen und ganz viel lernen. Ich freue mich, weil ich in die Schule gehen kann, denn es macht mir Spaß. Wenn ich das nicht mehr tun kann, dann werde ich Beschützer." Da fing Maren an zu meckern. „Du kannst gar kein Beschützer werden, du bist schwach und krank, du kannst nur auf dem Sofa liegen!" Da stand Paul auf und stellte sich vor Maren. „Und du kannst nichts außer Müll reden, du bist schon eine Müllfrau, du musst gar nicht mehr zur Schule gehen um eine zu werden. Außerdem bist du eine blöde Kuh, lass Kenny in Ruhe." Maren fing an zu weinen und die Lehrerin wies Paul zurecht und zurück auf seinen Platz und tröstete Maren.

„Ich kann schon Beschützer werden, es kann doch sein, dass ich ein Engel werde. Dann werde ich auch Beschützer, weil ich das will. Hier jetzt auf der Erde kann ich auch schon Beschützer sein. Ich beschütze meinen Vogel Caesar vor den Nachbarskatzen und Mick würde ich auch beschützen, wenn es sein müsste." Der Kreis wurde aufgelöst, in welchem die Gespräche stattgefunden haben, und alle konnten wieder tun, was sie wollten.

Kenny fühlte sich merkwürdig. Er hatte das Gefühl, dass keiner verstand, wie wichtig ihm das Gesagte war und wie ernst. Klar, Mick wusste es wohl und Paul verstand es auch irgendwie, wenn auch nicht so gut wie Mick, aber Kenny hätte sich gewünscht, dass auch Kinder wie Maren es verstehen würden. Genau das und ähnliche Dinge, die man nicht so einfach erlernen kann, wollte er den Menschen beibringen, aber nicht erst später, was es für ihn wohl sowieso nicht gab. Er wollte es jetzt tun. Deswegen ging er später zu Maren. „Maren, ich wollte dir sagen, was ich vorhin gemeint habe, als du mir gesagt hast, dass das nicht geht. Das ich nicht so wie die Muskelmänner sein kann, das ist mir klar. Aber man kann Menschen auch anders beschützen, indem man einfach bei ihnen ist." Maren guckte dumm. „Aber dann ist man kein Beschützer." Kenny ließ sich nicht davon beeindrucken. „Und bis dahin werde ich Beschützer von kleinen Tieren, ich passe auf Vögel auf und auf andere Tiere, die meine Hilfe brauchen und da bin ich wirklich Beschützer, denn ich passe wirklich auf sie auf." Maren guckte jetzt nicht nur dumm, sie klang auch dumm. „Auf Tiere kann jeder aufpassen, dass ist keine Kunst und dafür brauchst du auch keine Schule." „Man, jetzt bist du aber doof. Woher willst du denn wissen, wie du den Tieren helfen kannst, was sie brauchen, wenn du es nicht in der Schule lernst, na, Maren, dass verrate mir mal!" Maren drehte sich weg und sagte im Gehen: „Ich brauche das alles nicht zu lernen, ich will etwas Anderes lernen, ich werde nämlich Müllfrau!" Da rief Kenny etwas, was er jetzt rufen musste, weil er sonst explodiert wäre.

Er fand es selber nicht ganz okay, weil er wusste, dass Maren bei jedem kleinen Bisschen anfing zu weinen, aber diesmal tat er es trotzdem. „Paul hat Recht, du brauchst keine Schule, du bist mehr Müll, als es Müll selber sein könnte, du bist doof!" Natürlich fing Maren an zu weinen. Da kam die Lehrerin und fragte Maren, was passiert sei. „Kenny wollte mich verprügeln", rief Maren. „Das stimmt nicht, Maren hat wie vorhin Müll geredet und ich habe mich gewehrt, aber ich kann gar keinen verprügeln." Maren weinte noch mehr und die ganze Klasse warf ihr böse Blicke zu. Kurze Zeit später wurde sie von ihrer Mutter abgeholt und es war wieder Ruhe. „Kenny, Mick, wollen wir was zusammen machen?" Paul hatte keine konkrete Idee, aber Mick hatte eine. „Wie wäre es, wenn wir „Kuscheltier" spielen?" So nahm sich jeder ein Kuscheltier und die Drei fingen an zu spielen. „Ich bin der starke Maus", sagte Kenny. Die beiden Jungs lachten. „Das heißt „die Maus"", sagte Paul. „Ich bin aber ein Junge", rief Kenny. „Dann bist du ein Mäuserich", lachte Mick. „Du bist der Stärkste. Der Bär ist klein und hat Angst und der Tiger ist der Freund von beiden." Paul schnappte sich den Tiger. „Hallo, Flitzermaus, ich habe ein großes Problem, ich habe Angst vor Honig. Was soll ich nun tun? Ich brauche doch Honig zum Leben, hast du vielleicht eine Idee?" „Oh ha, Brummidickbär, ich sehe, das ist wirklich ein Problem, wie kannst du nur Angst vor Honig haben, der muss dir doch auch schmecken, oder?" „Ja, das tut er auch, aber ich muss ihn mir immer von den Bienen klauen und dann versuchen sie mich immer zu stechen und ich muss weglaufen. Ich habe solche Angst, brumm, brumm." „Natürlich jagen sie dich weg, wenn du klauen willst. Da muss es einen anderen Weg geben, fragen wir doch mal Streiferiau, den Tiger, unseren lieben Freund, der weiß bestimmt Rat." „Ja, natürlich weiß ich einen Rat. Ich könnte mal mit den Bienen reden, ich bin ja gestreift wie sie, auf mich hören sie bestimmt und die haben bestimmt nichts dagegen, dir etwas Honig abzugeben, nur wegnehmen ist nicht okay." So spielten die Drei fröhlich weiter. Am Ende verteilte Paul Honigbonbons und alle drei lachten. Die Drei spielten außerdem noch Elefant, Frosch und Krokodil, es ging darum, dass sich das Krokodil beschwerte, dass der Elefant, wenn er so weiter machen würde, den ganzen Fluss austrinken würde und es und der Quakfrosch dann nicht mehr leben könnten. Dieses Problem lösten sie, indem der Elefant mit Hilfe seines Rüssels aus dem Haus von einem netten Mann Wasser holte und den Fluss wieder auffüllte. Dann fingen sie an sich zu unterhalten. „Du, Kenny, ich möchte jetzt nicht wie Maren sein, aber glaubst du, dass du in der Schule später, auf dem Gymnasium meine ich, wirklich was machen kannst? Meine Mami sagt, da muss man die ganze Zeit sitzen und sich tierisch anstrengen, sogar zu Hause." Paul traute sich nicht zu sagen, dass er dachte, dass es für Kenny vielleicht besser sei zu Hause zu bleiben. „Das ist egal, ob ich dort was lerne oder nicht. Ich werde dort, wie auch hier, einen Sofaplatz bekommen und dann muss man abwarten, ob ich was lerne oder nicht. Meine Mama sagt, es ist wichtig, dass ich so weit wie möglich ein normales Kind bleibe, also dass ich nicht wie ein Kranker behandelt werde, verstehst du?" Paul nickte. „Wir zwei können ja Kenny helfen, damit er ganz schnell Englisch und noch viel mehr lernt, das möchte er doch so gerne, das können wir doch tun, oder, Paul?" Mick klang ganz aufgeregt, als er diese Idee hatte. „Maren hat wohl recht, ich kann kein Beschützer werden. Alle helfen nur mir und beschützen immer mich, ich kann das gar nicht." „Dürfen wir dir trotzdem helfen?" Paul war unsicher, weil er merkte, dass Kenny sich nicht wohl fühlte. „Klar, Paul, Kenny freut sich, wenn wir ihm helfen." Kenny schwieg. Er blieb überhaupt den ganzen restlichen Mittag ruhig. Als er abgeholt wurde, verabschiedete er sich von Mick und Paul. Besonders verabschiedete er sich jedoch von Bill. Bill würde nach den Ferien wegziehen und somit nicht mit Kenny, Mick und Paul in eine Klasse kommen. Es wurde versprochen, miteinander in Kontakt zu bleiben und so trennten sich die Vier. Zu hause ging Kenny zum Vogelkäfig. Dort gab er Caesar eine neue Knabberstange und fing an seine Fragen zu stellen. „Was glaubst du, Caesi, kann man auch ein Freund sein, wenn man schwach und klein ist und seine Freunde nicht so gut in Schutz nehmen kann? Glaubst du, dass man auch ein Freund ist, wenn man nur für die Anderen da ist, diese jedoch mehr für einen tun, als man selber? Mick ist so lieb und er ist so stark. Ich bin so schwach, er tut immer so, als wäre das okay für ihn, was aber, wenn nicht?" Caesi hackte leicht in Kennys Finger. „Du hast Recht, man muss etwas tun, wenigstens das, was man tun kann. Es ist vielleicht ganz gut, dass Mick heute nicht mit ins Krankenhaus fährt, dort würde er nur auf andere Schwache treffen. Mick braucht jemand, der ihn beschützt. Er kann nicht immer nur der starke Beschützer sein."

Kapitel sechs – Verständnis I

Es klingelte an der Haustür. Es waren Mick und sein Vater. „Ich möchte doch mitkommen", sagte Mick in einem fragenden Ton. „Du kannst gerne, aber du musst nicht, ich kann verstehen, wenn du doch nicht willst, du triffst ja bestimmt nur welche, die so sind, wie ich." „Das wäre doch super, wenn die alle so nett wären wie du", sagte Mick. Darauf fiel Kenny nichts mehr ein. So fuhren die drei ins Krankenhaus. Sie gingen auf die Kinderstation und wurden von einer netten Frau, mit welcher sich Micks Vater kurz in Ruhe unterhielt, in einen Raum geführt, in welchem viele Kinder an Tischen saßen und spielten oder malten. Mick und Kenny wurden nun mit den Kindern alleine gelassen. Die meisten von ihnen waren älter als Kenny, aber es waren auch zwei oder drei unter ihnen, die ungefähr in Kennys und Micks Alter waren. Zwei der Kinder waren schon viel älter als Kenny, sie waren so um die sechzehn. Mick und Kenny schauten sich zusammen um. Dann entschlossen sie sich jeweils etwas alleine zu machen und das war gut so.

Mick setzte sich an den Tisch von den beiden sechzehn Jahre alten Mädchen. Er fing gleich munter an zu fragen, ob er mitspielen dürfte. Die Beiden hatten nichts dagegen, dass er mit Mikado spielte. Als sie damit fertig waren, fingen sie an zu reden. „Ich bin Mick", fing er das Gespräch an. „Ich bin Lena." „Ich bin Jule", stellten sich die Beiden vor. „Seid ihr beiden wegen etwas Schlimmem hier?" Die beiden Mädchen lächelten freundlich. „Nein, nein, wir passen nur auf unseren kleinen Bruder auf. Er kommt jede Woche hier her, um mit den anderen Kindern zu spielen. Er hat Knochenmarkskrebs." Mick wusste nicht genau, was es war, aber ihm war klar, dass es so etwas ähnlich gefährliches sein musste, wie Kennys Tumor im Kopf. „Ich bin heute zum ersten Mal hier, ich bin auch gesund, aber mein Freund Kenny, der ist es leider nicht. Er hat so einen Tumor im Kopf und wenn der ganz böse ist, dann wird er irgendwann sein Herz zum Stillstand bringen." Mick kam sich groß und schlau vor, als er von Kennys Krankheit berichtete. „Und wieso bist du dann hier?" Lena klang erstaunt. „Einer muss doch auf Kenny aufpassen. Ich bin sein Freund und außerdem möchte ich ihm helfen. Das geht aber nur, wenn ich bei ihm bleibe und ihm helfe, wenn er Hilfe braucht. So wirklich helfen kann ich ihm ja eigentlich nicht, also ihn gesund machen." „Das erwartet auch keiner von dir und du brauchst auch kein schlechtes Gewissen zu haben, weil du es nicht kannst", sagte Jule eindringlich. „Aber ich würde so gerne, ich hab Kenny doch so lieb." Lena legte den Arm um Mick. „Glaube uns, wir würden auch alles dafür tun, dass unser Bruder wieder gesund wird, aber es gibt Dinge, die kann man nicht ändern." „Aber wieso bin ich gesund?" Die beiden Mädchen sahen einander an und nickten. Dann sagte Jule: „Du bist gesund, weil dein Freund Kenny einen starken und gesunden Freund braucht. Du musst dabei wissen, dass alleine die Tatsache genügt, dass du mit ihm befreundet bist und mit ihm spielst. Du musst ihn nicht gesund machen und eines ist noch wichtig, wenn du mal schwach bist, dann gehe zu deinem Freund, er wird dich auch trösten wollen und du darfst ruhig auch einmal schwach sein, dein Freund wird sich freuen, wenn er merkt, dass er dir helfen kann!" Mick freute sich, ein solches Gespräch führen zu können. Sie fingen an „Mensch ärgere dich nicht" zu spielen und unterhielten sich dabei weiter. Dabei erfuhr Mick viel über den kleinen Bruder von Lena und Jule und stellte fest, dass viele seiner eigenen Ängste und Gedanken auch bei den beiden Mädchen zu finden waren. Er war also auch nicht alleine mit seinen Gefühlen und Gedanken.

Währenddessen hatte Kenny ein Mädchen gefunden, mit dem er sich nun anfing zu unterhalten.

„Hallo, ich bin Kenny." Er war etwas schüchtern, aber er wollte unbedingt ein Gespräch beginnen.

„Hallo, ich bin Mari. Bist du neu hier?" Kenny nickte bloß heftig mit dem Kopf. „Warum bist du denn hier hergekommen?" Kenny musste kurz überlegen, erst dann fand er die richtigen Worte um sich auszudrücken. „Der Vater von meinem Freund Mick da drüben hat gesagt, ich soll mal unter Kinder kommen, die auch so krank sind wie ich. Ich glaube, sie sind mit mir und mit den Fragen, die ich habe, überfordert." Mari sah Kenny groß an. „Verstehe ich nicht ganz, egal. Was hast du denn für eine Krankheit? Ich habe Tumore im ganzen Bauch. Ich muss vielleicht bald sterben." Kenny sah sie erschrocken an. Er war irritiert, wie selbstverständlich Mari diese Worte sagte. „Ich habe einen Tumor im Kopf. Ich weiß nicht, wann ich sterben muss, aber irgendwann muss ich, aber ich will nicht." „Ich will auch nicht sterben, aber noch lebe ich ja." „Mari, hast du auch Angst davor, ich meine davor zu sterben?" Kenny wirkte sehr verunsichert. Noch nie hatte er einem Menschen gegenüber, den er kaum kannte, so offen über seine große Angst etwas gefragt, noch nie wollte er von jemand wissen, ob er Angst vor dem Tod hatte, wenn er ihn nicht kannte. Mari sah ihn unerschrocken an. „Nein, nicht mehr. Ich freue mich über jeden Tag, den ich leben darf. Aber Angst, wozu denn? Ich weiß nicht, was der Tod ist, aber es kann gar nicht so schlimm sein. Man darf einfach nicht zu viel darüber nachdenken, weil man es sowieso nicht ändern kann." Kenny sah sie aufgeregt an. „Genau das ist ja das

Schlimme. Keiner weiß es und auch keiner möchte darüber reden. Aber es ist voll unfair, dass man es nicht wissen kann." „Finde ich nicht. Wenn man es wüsste, dann könnte man sich gar nicht mehr auf das Leben konzentrieren. Dann wäre man entweder dauernd dabei Angst vor dem Tod zu haben, sollte er einem nicht gefallen, oder man würde die ganze Zeit nur darauf warten zu sterben und hätte auch keine Freude mehr am Leben. Ich weiß nicht, ob du mich verstehst." „Ich bin zwar erst zehn, fast elf Jahre alt, aber was du sagst, verstehe ich. Du hast ja schon recht, aber ich kann mir einfach nicht vorstellen, dass der Tod nicht schlimm ist." Mari blickte verständnisvoll auf Kenny. „Als ich elf war, da hatte ich auch noch mehr Angst. Jetzt bin ich fast vierzehn und mit der Zeit wird man gelassener. Wenn es dich beruhigt, dann kann ich dir sogar versprechen, dass es so etwas wie einen Gott gibt, ehrlich, Kenny." „Wie kannst du das wissen? Außerdem kann mich das nicht beruhigen, weil ich nicht weiß, ob Gott mich mag, schließlich bin ich krank." Mari lachte leise. „Was Gott dir mit der Krankheit sagen möchte, weiß ich auch nicht, aber du lebst, Kenny, du weißt nicht, wie viele Seelen es gibt, die gerne so wären wie du." „Ich verstehe dich nicht ganz. Die Seele ist doch das, was am Ende vom Menschen übrig bleibt, oder? „Der Mensch in Miniformat" hat mir mal jemand gesagt, oder?" Mari nickte lächelnd. „Aber wieso kannst du so genau wissen, dass es einen Gott geben muss?" Kenny wollte Gewissheit. „Wenn es keinen Gott oder etwas Anderes gibt, wie ist dann die ganze Welt entstanden? Gott muss es einfach geben, sonst hätte nichts einen Sinn, dass musst du einfach verstehen, Kenny, du solltest beten." Kenny stand auf und ging weg. Mari war ihm unheimlich. Er konnte nicht sonderlich viel mit ihren Worten über Gott und dass er beten solle anfangen, wobei er am Anfang gedacht hatte, sie könnte ganz nett sein. Kenny wollte sich jedoch nicht mit dem lieben Gott trösten. Er suchte eine andere Antwort auf seine Fragen und auf seine Angst. Er ging zu einem Mädchen, dass bunte Figuren malte, die auf einer Wiese herumliefen.

„Hallo, ich heiße Kenny." Das Mädchen legte den Stift weg, den es gerade in der Hand hatte, und blickte Kenny an. Sie hatte keine Haare auf dem Kopf und sah geschwächt aus. „Hallo, ich bin Tabea. Möchtest du auch etwas malen?" Kenny setzte sich hin und nahm ein Blatt. Er hatte keine Ahnung, was er malen sollte und besonders gut konnte er es auch nicht. „Du warst noch nie hier, oder?" Kenny verneinte. „Hier ist es schön. Hier sind alle gleich. Hier darf man krank sein, ohne das einen jemand anschaut oder für etwas Anderes hält. Du brauchst also keine Angst zu haben, dass dich jemand etwas Blödes fragt. Was hast du denn für eine Krankheit?" „Ich habe einen Tumor im Kopf. Den kann man nicht operieren oder so, der ist halt da und gefährlich." „Ich habe drei Tumore im Kopf. Die kann man auch nicht operieren. Musst du auch bald sterben?" Kenny zuckte zusammen. „Ich glaube schon, aber ich weiß nicht, wann." „Ich weiß auch nicht, wann ich sterben muss. Schau mal, die Figuren sind alle Schutzengel. Der mit dem Sternenkopf ist einer von meinen." „Was sind Schutzengel, Tabea?" Tabea sah Kenny erstaunt an. „Schutzengel sind da, wo du hinkommst, wenn du stirbst. Die passen dann dort auf dich auf und helfen dir klarzukommen, bis deine Eltern und Freunde und die Anderen auch kommen. Dann sind es auch noch deine Schutzengel, sie sind dann aber vor allem deine Freunde. Natürlich passen sie auch jetzt auf dich auf, damit du so lange wie du lebst glücklich sein kannst." Kenny sah sie interessiert an. „Habe ich auch Schutzengel?" „Natürlich hast du Schutzengel, die hat jeder. Ich rede jeden Tag vor dem Einschlafen mit ihnen. Mal doch auch mal einen Schutzengel!" Kenny nahm einen Stift in die Hand und fing an ein paar Kreise zu zeichnen. Dann malte er an jeden Kreis zwei Ohren, verband alle miteinander und machte ein Dreieck um alles herum. „Ich kann das, glaube ich, nicht", sagte er verlegen. „Ich weiß auch nicht, wie meine Schutzengel aussehen und ich möchte sie auch auf keinen Fall beleidigen!" „Das ist nicht so schlimm, aber versuch doch einfach mal mit deinem Engel zu sprechen, das ist toll." Sie malte weiter. Kenny blickte auf sein Blatt. „Hast du keine Angst vor dem Tod, Tabea?" Tabea stiegen Tränen in die Augen. Sie sah Kenny fest an und nickte heftig. Dann sagte sie mit weinender Stimme: „Ich habe große Angst. Aber nicht, weil ich sterben muss, ich habe Angst vor der langen Zeit ohne meine Eltern und Freunde. Man wird sie wiedersehen, das steht fest, aber man muss lange, lange warten." Kenny kamen diese Worte wie Zauberworte vor. Er stellte fest, dass er genau vor dieser Sache auch Angst hatte. „Davor habe ich auch Angst, glaube ich, aber ich habe auch Angst vor dem Tod. Ich weiß nämlich nicht, was der Tod genau ist." Tabea beruhigte sich ein wenig. Sie lächelte. „Schön, dass du mich verstehen kannst. Was der Tod ist, weiß ich natürlich auch nicht genau, aber das ist ja auch egal, Hauptsache, man bleibt mit seinen Freunden und mit seiner Familie irgendwie zusammen." „Du, Tabea, glaubst du, ich könnte auch so etwas wie ein Schutzengel werden? Ich würde gerne der Schutzengel von meinem Freund Mick werden." Tabea lachte. „Ich habe noch nie darüber nachgedacht, aber da oben, wo man hinkommt, da ist fast alles möglich. Da ist es auch schön. Da gibt es keine Krankheiten. Da kannst du den ganzen Tag glücklich sein und brauchst vor nichts mehr Angst zu haben, vor gar nichts. Du kannst bestimmt ein Schutzengel von deinem Freund werden!" Kenny freute sich. Tabea hatte so viel Mut und sie war ganz natürlich lieb. Was Kenny besonders gefiel, sie hatte nicht einmal über Gott geredet. Dies wunderte ihn jedoch auch ein wenig und deshalb fragte er: „Glaubst du, dass Gott dort oben ist?" „Gott sorgt dafür, dass jeder seine Schutzengel hat. Wenn die Schutzengel mal nicht weiter wissen, dann können sie zu Gott gehen und der weiß dann, was man tun muss." Sie blickte erwartungsvoll auf Kenny.

Kenny war zutiefst beeindruckt und begeistert. Er lächelte leicht, aber es kam aus der Tiefe seines Herzens. „Das ist so schön, Tabea, ich finde es wunderschön."

Tabea lächelte auch, sie strahlte regelrecht. „Es ist so schön, dass es dir auch so gefällt wie mir. Ich glaube, dass diese Worte nur Menschen wie wir verstehen können. Aber hast du nicht Lust zusammen eine Kassette zu hören? In der Sofaecke sind ganz schöne Kassetten, da können wir doch zusammen eine hören?" Kenny stimmte zu, indem er aufstand. Er war als erster an der Kiste mit den Kassetten und las nun vor, was es alles gab. Sie einigten sich schnell und hörten eine Kassette mit kleinen Tiergeschichten. Sie lachten über manche und über andere sprachen sie hinterher. Kurz, bevor Mick und Kenny abgeholt wurden, kam Mick zu Tabea und Kenny. „Hallo, ich bin Mick." Mick sah Tabea ein wenig verlegen an. Tabea lächelte höflich. „Hallo, ich bin Tabea, Kenny hat mir schon ein bisschen von dir erzählt. Finde ich super von dir, dass du auch hier bist." Die drei spielten noch kurz ein Spiel mit Quatschfragen, da wurden Mick und Kenny abgeholt. Beim Verabschieden stand für Kenny und Mick fest, dass sie in der nächsten Woche wiederkommen würden.

Kenny ging noch kurz mit zu Mick und verzog sich mit auf sein Zimmer, um noch kurz einen Austausch des Erlebten zu machen.

Mick wollte sofort wissen, wen Kenny alles kennengelernt hatte, Kenny bestand jedoch darauf zuerst zu erfahren, ob Mick der Nachmittag im Krankenhaustreff wirklich gefallen hatte. Deswegen fing Mick an zu erzählen, es blubberte aus seinem Herzen heraus, er sprach mit ruhiger und zufriedener Stimme. „Ich bin glücklich, Kenny. Dieser Treff ist wunderbar. Ich habe heute zwei Mädchen kennengelernt. Die Beiden konnten mich und meine Ängste richtig gut verstehen. Sie haben einen kleinen Bruder, vielleicht lernst du ihn auch bald kennen. Sie wissen, wie ich mich fühle und sie können mir helfen. Sie haben mir gesagt, dass du nicht sauer bist, weil ich dir nicht helfen kann und noch vieles Weitere. Ich werde sie nächste Woche bestimmt wiedertreffen."

Kenny haute Mick leicht auf die Schulter. „Schön, dass du denen glaubst. Ich habe dir schon oft gesagt, dass ich froh bin, dass du mein Freund bist. Natürlich kannst du meinen Tumor nicht wegzaubern!"

„Tut mir leid, Kenny, aber ich habe diese Angst, weil ich es so gerne können würde!"

Kenny legte nun seinen Arm um Mick. „Ich weiß ganz genau, wie du dich fühlst. Schließlich bin ich in einer ähnlichen Lage. Ich würde gerne ein Freund für dich sein, der genauso viel für dich tut, wie du für mich."

Mick schlug seinen Arm heftig um Kennys Schulter. „Aber das bist du doch auch, ich sehe, wir haben beide Quatschängste. Wir reden über alles und haben trotzdem Angst. Ich bin froh, dass nicht nur ich so Quatschgedanken habe, Kenny. Aber es ist gut mit Gleichgesinnten zu sprechen!"

Kenny nickte heftig. „Genau, das finde ich auch. Ich hatte zwei Begegnungen. Die Erste war mit einem Mädchen mit dem Namen Mari. Sie war etwas merkwürdig. Sie war mir richtig unheimlich. Sie hat gesagt, dass ich beten soll. Als ob davon alles gut wird. Ich habe mein Schicksal ja schon akzeptiert, aber ich will es auch verstehen und nicht dauernd mit Gott drumherum-schwafeln, ich weiß doch viel zu wenig über Gott, als dass ich mit ihm reden könnte. Mehr fällt mir zu dieser Begegnung nicht ein. Aber dann bin ich zum Glück an den Tisch gegangen, an dem Tabea saß. Die ist total nett und sie hat mir auch ganz lo-gisch erklärt, was es mit Gott wahrscheinlich auf sich hat, das klingt auch am logischsten. Es weiß natürlich keiner wirklich, aber das muss einfach stimmen, das klingt so logisch, Mick!" Kenny klang ganz aufgeregt. Da er eine Weile schwieg, fragte Mick neugierig: „Was hat sie denn nun gesagt?"

Kenny schüttelte verlegen den Kopf, als er merkte, dass er in seiner Emotion geschwiegen hatte. „Zunächst hat sie ihre Schutzengel gemalt. Ich glaube, das war peinlich für mich, da, als ich meine malen sollte, ich nicht die geringste Ahnung hatte, wie meine aussehen, hoffentlich denkt sie nicht, dass ich ein wenig blöd bin. Wusstest du, dass Schutzengel nicht nur deine Freunde sind, sondern auch immer in Verbindung mit Gott sind, damit sie immer das Bestmögliche für dich tun können? Ich ver-stehe jetzt, was Gott wirklich ist. Merkwürdig, dass die Anderen es nicht auch kapieren, Gott kann doch gar nicht alleine für je-den Einzelnen sorgen. Ist doch cool, das er so eine Art Aufpass- und Beratungsposten hat, oder?"

Mick wusste nicht, auf welche von Kennys Fragen, die in die-sem langen Satz enthalten waren, er zuerst antworten sollte. Al-les hatte er auch nicht verstanden. Deswegen ließ er sich die Rolle der Schutzengel noch einmal genau erklären. Er war am Ende genauso begeistert von der Bedeutung Gottes wie Kenny. Endlich verstanden die Beiden, was alle immer meinten, mit „Gott passt auf dich auf." Sie waren sich jedoch einig, dass es

nicht fair den Schutzengeln gegenüber war, sie gar nicht zu er-
wähnen und gleich auf die höchste Instanz Gott zu blicken.

Mick brachte Kenny nach Hause und als sie sich verabschiedeten, sagte Kenny zu seinem Freund: „Mick, wenn ich bald tot
bin, dann hast du einen weiteren Schutzengel!"

Kapitel sieben – Sommerferien

Am ersten Montag der Ferien verabredeten sich Kenny, Mick und Paul auf dem großen Spielplatz. Damit es nicht wie immer war und etwas Feriengefühl aufkam, packten sie belegte Brote und Getränke für ein Picknick ein.

Es war ein wunderschöner und sonniger Vormittag. Die Drei spielten und hatten viel Spaß. Gegen Mittag setzten sie sich auf eine Decke und begannen zu essen. Als sie die Tüte mit den Minigummibärchen öffneten, gesellte sich ein Junge zu ihnen, der ungefähr in ihren Alter war.

„Hallo, ich bin Jeremias. Darf ich vielleicht auch ein Päckchen Gummibärchen haben?"

Paul zog seine Beine ein, die er auf der Decke ausgebreitet hatte, und wies auf die freie Stelle. Dann gab er Jeremias ein Päckchen Minigummibärchen. Die Drei stellten sich kurz vor.

„Bist du neu hier? Ich habe dich noch nie gesehen", sagte Paul fragend.

Jeremias nickte. „Ich komme nach den Ferien hier aufs Gymnasium, in die fünfte Klasse."

Kenny sah ihn interessiert an. „Wir auch. Vielleicht kommen wir ja in die gleiche Fünf! Wir kommen in die Fünf von Herrn Tassebau, und du?"

Jeremias schmunzelte. „Den Namen habe ich mir auch gemerkt. Wie alt seid ihr eigentlich?"

„Ich werde am Ende der Sommerferien elf Jahre alt. Paul ist schon seit Januar elf und Mick seit April. Vielleicht möchtest du ja zu meinem Geburtstag kommen, dann lernst du noch ein paar Andere kennen?" Kenny war erfreut über die neue Bekanntschaft. Jeremias war ihm irgendwie sympathisch. „Ach, ich weiß nicht so genau. Ich muss jetzt nach Hause gehen. Vielen Dank auch für die Gummibärchen." Mit diesen Worten erhob sich Jeremias und wollte schon gehen. Da sprang Mick auf. „He, warte doch. Du hast uns noch gar nicht gesagt, wie alt du bist." Man konnte sehen, das Jeremias am Liebsten ganz wo anders gewesen wäre. Dann gab er sich jedoch einen Ruck. „Ich bin vierzehn Jahre alt. Das hat aber nichts damit zu tun, dass ich dumm bin, ich meine, dass ich jetzt erst in die fünfte Klasse komme!"

„Ich finde dich nett, und Mick und Paul auch. Du bist bestimmt nicht dumm!" Kenny stand vorsichtig auf. Jeremias sah nun etwas traurig aus. „Aber leider denken das viele und haben das auch an meiner alten Schule gedacht. Deswegen musste ich gehen." Paul sah fragend auf den neuen Jungen, da er nicht ganz verstand. „Du musstest gehen, weil die dort dachten, du bist nicht so schlau wie die Anderen?" Jeremias kam nun wieder ein paar Schritte näher. Er setzte sich jedoch nicht wieder hin. „Das ist nicht die ganze Wahrheit. Die haben mich ganz oft ausgelacht, weil ich nicht immer so schnell im Denken war wie die Anderen, obwohl ich nicht dümmer war. Wenn mich dann manche zu sehr verletzt haben, dann bin ich halt ausgerastet." Kenny sah ein wenig ängstlich auf ihn. „Du hast sie verprügelt?" Jeremias nickte. Dann rief er laut und wütend: „Die waren so gemein zu mir, anders hätte ich denen das ja nicht zeigen können, die haben mich so fertig gemacht!" Kenny bekam Angst vor dem neuen Jungen. Er hatte Angst, dass er ihm auch weh tun könnte. Aber er merkte, dass Jeremias verletzt war und verzweifelt. Jeremias ging mit Tränen in den Augen und geballten Fäusten nach Hause. Die drei Jungs unterhielten sich noch eine Weile. Dann machten sie sich ebenfalls auf den Nachhauseweg.

Kenny legte sich zu Hause auf sein Bett, um sich auszuruhen. Er schloss seine Zimmertür und begann nachzudenken. Er hatte Angst vor Jeremias, aber er fand ihn auch nett. Was sollte er nun tun? Er wollte ihn auf keinen Fall zum Feind haben, aber dazu gab es doch keinen Anlass, oder? Aber wenn er ihn zum Freund haben wollte, dann müsste man so mit ihm reden können, dass er nicht gleich ausrastet. Kenny sah, trotz offener Augen, genau das Bild von Jeremias mit seinen schwarzen, kurzen Haaren, die glasigen Augen und die Fäuste, die sich verzweifelt zu ballen schienen, als ob er in ihnen verzweifelt versuchte etwas festzuhalten. Kenny stellte sich vor, dass es seine Verzweiflung war, seine Wut, die er in seinen Fäusten einschloss, damit sie nicht hinausdrang und ihn zwang etwas zu tun, was nicht richtig war.

Fest stand, dass er nächstes Jahr in seine Klasse kommen würde. Es gab also keine bessere Möglichkeit, als Jeremias in den Ferien etwas besser kennenzulernen, um sich vielleicht mit ihm anzufreunden.

Etwa eine Stunde später klopfte es an seine Zimmertür. Kenny bemerkte, dass er eingedöst war.

Es war seine Mutter, die wissen wollte, wie es auf dem Spielplatz gewesen ist.

Kenny berichtete kurz. Er erzählte auch von Jeremias, erwähnte jedoch nicht, dass Jeremias wütend geworden ist und die Fäuste geballt hat. Er erzählte auch nicht, warum er die Schule wechseln musste. Kenny hatte Angst, dass seine Eltern sonst gemeinsam augenblicklich in der Schule anrufen würden und dafür sorgen, dass Jeremias nicht in seine Klasse kommen würde. Dass wollte Kenny nicht.

Zum Einen hätte das Jeremias erst recht sauer gemacht, zum Anderen jedoch, und dies wollte Kenny auf jeden Fall vermeiden, hätte es Jeremias verletzt.

Er hatte sich schließlich ihm, Mick und Paul anvertraut und war sogar ganz nett. „Ich würde auch verdammt wütend werden, wenn das jemand mit mir machen würde", dachte Kenny.

Da Kenny nach dem Spielplatz gedöst hatte und es noch eine Weile bis zum Abendessen war, beschloss Kenny, noch einmal zum Spielplatz zu gehen. Vielleicht würde er dort Jeremias treffen.

Kenny sollte Recht behalten. Jeremias wippte auf einem Esel. Kenny zögerte kurz, dann ging er aber auf den Esel zu und sprach Jeremias an, der ihn bis jetzt nicht bemerkt hatte.

„Hallo, Jeremias, du bist ja auch wieder hier!" Jeremias blickte sich um. „Hallo, Kenny." Er klang ruhig. Nicht traurig, nicht fröhlich, eher zurückhaltend, wie ein Tier, das jederzeit bereit war aufzuspringen und davonzurennen und sich deshalb keinen möglichen Täuschungen hingeben wollte.

Kenny merkte, dass kein Gespräch zu Stande kommen würde, wenn er selber nicht das Gespräch begann. „Ich hatte gehofft, dass du hier bist."

Jeremias sah ihn an. „Und warum?"

Nun wurde Kenny verlegen. Er konnte Jeremias doch nicht sagen, dass er ihn nicht schlagen sollte, weil er krank war und keinen unnötigen Stress bekommen sollte. Als Jeremias keine Antwort bekam, fügte er hinzu: „Wollen wir auf die Wippe gehen, das macht wirklich Spaß!"

Kenny atmete tief durch. „Ich darf leider nicht wippen!"

Jeremias sah Kenny ein wenig schief an. „Warum darfst du nicht wippen, hat deine Mutter Angst, dass du runterfällst?"

Kenny schüttelte den Kopf. „Ich darf nicht, weil das zu gefährlich für mich ist. Wenn ich von ganz oben schnell nach unten sause, dann könnte es sein, dass ich sterben muss. Dies ist auch der Grund, weswegen ich auf Festen nie mit Fahrgeschäften fahren darf."

Jeremias hörte auf zu wippen. Er drehte sich nun ganz zu Kenny. „Ich verstehe nicht, was du meinst, was ist das denn für eine blöde Krankheit, die dir all diese tollen Dinge verbietet?"

Kenny begann nun von seinem Tumor im Kopf zu erzählen. Er bereitete Jeremias auf das vor, was er in der Schule sowieso zur Kenntnis nehmen würde, dass er viel Ruhe braucht und so viel Stress wie möglich meiden soll.

Als Kenny mit Erklären fertig war, sah Jeremias Kenny ein wenig hilflos an.

„Es tut mir leid, Kenny, aber ich verstehe das nicht ganz. Ich glaube jedoch, dass es nicht so wichtig ist, das Wichtigste ist doch, dass du dich schonst und nicht aufregst, oder?"

Kenny nickte. Er verstand schließlich selber nicht so ganz genau, was seine Krankheit genau war und da konnte er nicht erwarten, dass alle Anderen den Durchblick hatten.

„Ich werde auch versuchen, nie mehr die Fäuste zu ballen, wenn wir zusammen sind, Kenny, versprochen. Vorhin wusste ich das mit dir ja noch nicht, sonst wäre ich bestimmt nicht so laut geworden!"

Kenny war nun erleichtert. Er unterhielt sich mit Jeremias noch eine Zeit und ging dann wieder nach Hause. Er ging sofort auf sein Zimmer, da er müde war und auch, auf Grund der Anstrengung keinen Hunger hatte. Das war okay, da es sich um positiven Stress handelte. Bei negativem Stress, und auch bei zu viel positivem Stress, bekam Kenny, und dies hatte mit dem Tumor in seinem Kopf zu tun, Kopfdruck und musste sich übergeben. Um dieser Stressgrenze zu entkommen, schnappte er sich das schnurlose Telefon, legte sich in sein Bett und rief Paul und Mick an. Seine Freunde waren erleichtert, dass Jeremias so nett reagiert hatte, denn sie hatten sich auch Sorgen um ihren Freund gemacht. Kennys Telefonat wurde erst unterbrochen, als der Akku aufgab. Da es auch fast neun Uhr geworden war und Kenny auch müde geworden ist, ging er ins Badezimmer und machte sich bettfertig.

Er sagte Caesar gute Nacht, küsste seinen Bären und Affen, die stets in seinen Armen schliefen, und schlief.

Kapitel acht – Verständnis II

Gegen 09:00 Uhr klingelte Mick. Heute fuhr Kennys Mutter die beiden Freunde zum Krankenhaus. Als die Beiden ausstiegen und den Eingang ansteuerten, sagte Mick: „Ich finde es gut, dass in den Ferien schon am Vormittag der Treff beginnt." „Ja, dass finde ich auch", sagte Kenny und schon standen sie vor der Zieltür.

„Kenny!" Tabea saß direkt neben der Tür und hatte ins Geheim schon auf Kenny gewartet. Kenny, der sich nicht weniger zu freuen schien, setzte sich sogleich neben sie und Mick setzte sich an den Tisch, an welchem nicht nur Lena und Jule, sondern auch ein Junge saßen, der in Micks Alter sein musste. „Hallo, Mick, ich bin der Jo, Lena und Jule haben schon von dir berichtet, hast du Lust dich ein wenig zu unterhalten, ich glaube, wir haben viele Gemeinsamkeiten." „Ja, gern, warum nicht. Ich bin Mick." „So siehst du auch aus, wie ein richtiger Mick meine ich. Richtig nett und sympathisch." Mick war ein wenig verwundert, dass Jo so sprach, es klang jedoch ganz frei und herzlich und somit freute er sich auch.

Die Beiden setzten sich an einen Tisch am Fenster. Hier hörte keiner zu. „Der Junge, der bei Tabea sitzt, ist dein Freund, oder?" „Ja, und er ist der Beste, der aller beste Freund, den man sich wünschen kann. Er ist anders als die Jungs in unserem Alter. Er ist herzensgut und trotzdem lustig und zu Späßen aufgelegt. Es gibt nur wenige in meiner Klasse, die das auch so sehen. Viele denken, Kenny sei langweilig, weil man mit ihm nicht zu stark herumtoben darf und er oft ernsthaft redet. Das macht mich traurig, ich glaube nämlich, dass es ihn verletzt, dass ihm nur wenige die Möglichkeit geben ihn richtig kennenzulernen."

Mick war erstaunt über seine Wortwahl, aber sie war ihm gelungen. Er hatte eine Sache, die ihn so bedrückte und die er so gerne ändern wollte, genau auf den Punkt gebracht.

„Ich verstehe dich sehr gut, Mick, wirklich. Meiner Schwester ging es genauso. Sie ist vor einiger Zeit auch noch hierher gekommen, vor drei Monaten ist sie dann aber leider gestorben." Mick sah Jo erschrocken an. „Das tut mir sehr leid. Wie alt war deine Schwester und wie kommt es, dass du noch hierher kommst?" Jo fiel es nun schwerer zu sprechen. Seine ruhige, raue Stimme wurde noch ruhiger und klang zudem noch traurig. „Ich habe von den Ärzten die Erlaubnis noch zu kommen, weil ich hier noch viele Kinder treffen kann, denen es ähnlich geht wie mir, bessergesagt, die die gleichen Ängste wie ich haben und bald vielleicht ähnliches erleben müssen. Meine Schwester war erst sieben Jahre alt. Es ging ihr am Vorabend schlechter als sonst und am nächsten Morgen ist sie einfach nicht mehr aufgewacht. Ich mache mir seither solche Vorwürfe, weil ich nicht bei ihr war, als sie sterben musste, ich bin doch ihr Bruder, sie hatte Knochenmarkskrebs, wie die meisten Kinder hier."

„He, Jo, du brauchst dir sicherlich keine Vorwürfe zu machen, aber ich weiß, das sagt sich so leicht. Der Kopf weiß, das Herz will es aber nicht wahr haben, dass man so schwach ist, und das schmerzt. Ich komme mir auch schlecht vor, wenn ich so sorglos plaudere und weiß, wie krank Kenny ist. Bei meiner Mutter war es genauso, aber damals war ich noch viel kleiner und habe noch viel stärker geglaubt, ich könnte oder müsste ihr helfen." Jo sah Mick interessiert an. „Ist deine Mutter auch krank gewesen, was hatte sie?"
Mick schluckte. „Sie hatte Eierstockskrebs und es ging ihr sehr schlecht. Ich sollte damals noch ein kleines Geschwister be-

kommen. Das ging dann aber nicht mehr. Sie musste nicht nur eine Chemotherapie machen, man musste ihr auch die Eierstöcke entfernen. Das war vor fünf Jahren. Seitdem war nichts mehr wie es war. Irgendwann ist sie dann in ein betreutes Wohnen gezogen und dort ist sie bis heute. Ich sehe sie einmal im Monat und telefoniere hin und wieder mit ihr." Mick wusste nicht, ob er weiterreden sollte.

„Das ist ja schlimm, vermisst du deine Mutter nicht?" Jo fühlte sich klein und wollte nicht zu aufdringlich sein.

„Mittlerweile geht es. Ich hatte lange Therapie und jetzt sehe ich ein, dass es besser ist, wenn ich sie nur manchmal, aber regelmäßig sehe. Weißt du, sie ist so ganz anders als Kenny mit ihrer Krankheit umgegangen und tut es bis heute. Sie hat mir damals, da war ich ja noch sehr klein, immer gesagt, ich solle ihr helfen, weil sie es nicht aushält. Was sollte ich als Kind tun? Seitdem habe ich immer darüber nachgedacht, ob ich ihr nicht doch helfen kann, aber egal was ich gemacht habe, ein Bild gemalt, ihr etwas mitgebracht, oder sie nur einfach in den Arm genommen, sie hat immer nur gesagt: „Mick, hilf mir, ich halte das nicht aus." Mein Vater hat gesagt, dass sie eine starke Depression hatte. Ich weiß bis heute nicht genau, was das genau ist, auf jeden Fall durfte ich sie dann erst einmal nur noch unter Aufsicht treffen, weil ich immer lange weinen musste und ein schlechtes Gewissen hatte, als ich von ihr kam und ich wieder versagt hatte."

Mick hatte zu Ende gesprochen. Außer zu Kenny und Paul hatte er das eben Gesprochene noch zu keinem gesagt. „Wie kommt es dann, dass du so gut mit Kenny befreundet bist? Ist es dein schlechtes Gewissen deiner Mutter gegenüber? Ich hätte jetzt eher gedacht, dass du dich von stark kranken Menschen zurückziehst."

Mick lachte leise, aber verständnisvoll. „Oh nein, ich sagte ja schon, dass Kenny ganz anders ist. Das wusste ich natürlich nicht von Anfang an und ich hatte auch nie gedacht, dass wir einmal die aller besten Freunde werden. Ich war mit Kenny im Kindergarten und es wusste jeder, dass er schwer krank ist. Ich habe manchmal mit ihm gespielt, aber mehr auch nicht. Als die Sache mit meiner Mutter begann, suchte ich überall Rat und, so dachte ich, den würde ich am besten bei jemandem finden, der selber auch so schwer krank ist." Mick legte eine kleine Pause ein, da er den Eindruck hatte ununterbrochen zu reden und Jo, falls er etwas sagen wollte, gar keine Möglichkeit haben würde, auch etwas zu sagen oder zu fragen. „Was hat Kenny dir denn geantwortet", fragte Jo und konnte die Antwort kaum erwarten.

„Er hat gesagt, dass meine Mutter sich freuen soll, wenn ich komme und dass sie mir sagen soll, was ich tun muss, um ihr zu helfen, schließlich ist sie die Erwachsene und ich das Kind. Außerdem dürfe sie nicht verlangen, dass ich etwas erfüllen muss, von dem sie selber nicht weiß, was es ist und wie es geht. Dann sagte er noch etwas, dass mich erst ein wenig wütend gemacht, letztendlich aber dazu geführt hat, dass wir uns immer öfter auch am Nachmittag getroffen haben." Wieder musste Jo fragen, was es genau war, da Mick wieder eine Pause einlegte.

„Deine Mutter kann froh sein, dass sie noch leben darf und sie sollte selber ganz traurig sein, weil sie dich traurig macht. Niemand kann ihr helfen, niemand, mir kann auch keiner helfen, dass ist blöd, aber es ist so!" Kenny weinte, als er sagte, dass ihm auch keiner helfen kann. Ich wurde sauer auf ihn, weil ich dachte, er wolle nur nicht, dass man meiner Mutter helfen kann, da ihm auch keiner helfen konnte. Ich dachte auch, dass er meine Mutter beleidigen wollte. Ich erzählte meinem Vater von alledem. Er erklärte mir Kennys Worte noch einmal und ich fand sie auf einmal toll. Sogleich ließ ich mich zu ihm nach Hause bringen. Ich glaube, ich hatte ein schlechtes Gewissen, weil ich sauer auf ihn gewesen bin. Das sagte ich natürlich nicht. Ich bin auf sein Zimmer gegangen und wir haben ganz normal zusammen gespielt. Es war total schön. Kenny hat mich mit seiner Phantasie sehr beeindruckt. Zum Schluss haben wir mit Legosteinen Zoo gespielt. Es war überhaupt gar nicht langweilig, nur weil Kenny auf sich achten muss. Das haben nur immer die „Großen" Kinder behauptet. Weil sie immer Rücksicht nehmen mussten, wenn Kenny auch mal aufs Karussell wollte, da durfte es sich nämlich immer nur ganz langsam drehen."

Mick und Jo erzählten noch viel weiter. Mick über Kenny und Jo über seine Schwester. Seine Augen leuchteten und glänzten von Tränen, als er von ihrem Mut erzählte.

Kenny und Tabea hatten es sich derweil auf ein paar Matratzen gemütlich gemacht und hörten die CD „Karko ist krank" aus der Reihe von den beiden befreundeten Tauben Tornado und Karko. In der besagten Folge ging es darum, dass sich bei Karko eine Art Depression entwickelt. Bernhard, Tornados Bruder, ist überzeugt, dass der Einzige, der Karko helfen kann, der Spechtjunge Donald ist, der ein äußerst liebens- und bewundernswerter Genosse ist. Donald hat als Jungspecht seine Eltern verloren und wurde von den Tieren des Waldes großgezogen. Ein Specht nahm ihn in seine Höhle und zog ihn nicht nur groß, er brachte ihm auch bei, wie er seinen Schnabel, welcher einen Defekt hatte, da er nicht keilförmig, sondern rund und messerscharf war, sinnvoll nutzen kann. Da dies äußerst schwierig ist, hat Donald sich angewöhnt, sich immer selber Mut zu machen und nicht aufzugeben.

„Ich liebe diese Folge. Donald ist so toll. Wie er sich immer wieder Mut macht. Und er ist so lieb und ganz ohne Hass, trotz seines harten Schicksals." Tabea fing bei ihren Worten an zu weinen. Sie versuchte es krampfhaft zu unterdrücken, aber es gelang ihr nicht. Kenny hätte am liebsten mitgeweint, obwohl er noch gar nicht wusste, was mit Tabea los war.

„Was ist los, Tabea, warum weinst du?" Kenny legte vorsichtig seinen Arm um Tabeas Schultern.

„Ich habe solche Angst, Kenny. Ich habe solche Angst."

Kenny sah in das traurige, kräftige Gesicht von Tabea. Kenny fühlte sich bei dem Anblick und der Stimme von Tabea sehr schwach. „Wovor?" Tabea sprach schweren Herzens weiter: „Ich soll ab nächsten Monat eine neue Chemotherapie machen, davor habe ich Angst. Ich hatte vor vier Jahren schon eine Chemotherapie und es war grausam." Kenny hatte Angst, dass seine Worte albern klingen könnten. Er wollte Tabea aber auf jeden Fall zeigen, dass er vollstes Verständnis für sie hatte. „Ich kann deine Angst nachvollziehen, Tabea, voll und ganz. Ich habe mit fünf auch eine Chemo bekommen. Ich kann gut verstehen, dass dich das mitnimmt. Du hast Angst davor zu leiden, weil du weißt, was auf dich zukommt. Wie soll man sich selber Mut machen, wenn man weiß, dass man leiden muss. Mut machen ist nur dann wirklich möglich, wenn man nicht genau weiß, was passieren wird."

Tabea weinte nur noch ein wenig. Sie war von Kennys letzten Worten beeindruckt. „Das stimmt wohl, was du eben gesagt hast. Wenn es nur irgend etwas Positives geben würde, dann könnte ich mich wenigstens motivieren, wenn schon nicht ermutigen." Tabea fand ihre eigenen Worte blöd und peinlich unverständlich. Dann sagte sie noch: „Es wird dann auch noch länger dauern, bis meine Haare wiederkommen, durch die Bestrahlung, die ich bis vor ein paar Wochen noch bekommen habe, sind sie alle ausgefallen." Kenny fand, dass Tabea trotz Glatze total hübsch aussah, lieb, so lieb, das traf es wohl besser. Kenny zögerte. „Ich sage es dir einfach jetzt. Ende diesen Monats werde ich meinen elften Geburtstag feiern und ich würde mich freuen, wenn du dabei sein könntest. Das ist doch vor Beginn der Therapie, der 30.08., oder?"

„Ich komme auf jeden Fall. Meine erste Chemo wird am 01.09. sein, so können wir uns wenigstens noch einmal vorher sehen, denn während der Therapie werde ich nur selten nach Draußen gehen können und dürfen. Du weißt ja, die ganze Abwehr wird zerstört und man wird somit schnell gefährlich krank."

Kenny war sich nicht sicher, ob Tabea seine folgenden Worte recht waren, er traute sich dennoch zu sagen, was er dachte: „Wenn du nicht in den Krankenhaustreff kommen kannst, so komme ich eben zu dir nach Hause. Mit Mundschutz und allen weiteren nötigen Standartschützen für dich, natürlich nur, wenn du möchtest, dass ich dich besuchen komme."

Tabea fühlte sich sehr schwach. Trotzdem fühlte sie ein kurzes Glücksgefühl, als Kenny so lieb und selbstverständlich zu ihr gesprochen hatte. Da nicht gleich eine Antwort von Tabea kam, fügte Kenny hinzu: „Wie gesagt, nur wenn du magst. Wir müssen auch nicht quatschen, ich kann auch einfach nur bei dir sein oder dir vorlesen und wenn ich stören oder nerven sollte, so werde ich ohne zu fragen gehen, versprochen." Tabea strahlte verlegen. „Ich würde mich sehr freuen, wenn du vorbeikommen würdest, Kenny." Sie hätte Kenny gerne umarmt, traute sich jedoch nicht.

Als sich Kenny und Tabea verabschiedeten und sich für die nächste Woche im Krankenhaustreff verabredeten, verstand Kenny plötzlich, wie sich Mick fühlen musste, wenn er immer sagte, dass er traurig ist, weil er Kenny nicht wirklich helfen kann. Das sagte er Mick auch, als sie zu Hause in Kennys Zimmer saßen.

„Ich hatte auch das Gefühl, dass ich lächerlich gewirkt habe, auch wenn sie sagt, dass sie sich freuen würde. Ich würde ihr gerne so richtig helfen, aber das geht ja nicht. Ich weiß, dass es Quatsch ist so zu denken, aber ich habe es trotzdem getan. Ich kann dich jetzt so gut verstehen, Mick, wirklich, und ich bin froh darum." „Und ich verstehe, dass du Tabea gerne helfen möchtest und ich finde es toll, dass du ihr angeboten hast, sie zu besuchen, wenn sie nicht mehr ins Krankenhaus kommen kann. Siehst du, Kenny, Maren würde den Mund nicht mehr zu bekommen. Jetzt hast du nicht nur die Möglichkeit einem schwachen Menschen zu helfen, du kannst ihn, also sie, bestimmt sogar aufheitern."

Die Zwei verabredeten sich für den nächsten Tag um 10:30 Uhr auf dem Spielplatz und verabschiedeten sich.

Kapitel neun – Recht und Unrecht

Kenny war gut gelaunt, als er vom Spielplatz nach Hause kam. „War der neue Junge Jeremias wieder dort?" Kenny war über die Wortwahl und den Ton seiner Mutter irritiert.

„Ja, er war da und es war ganz toll. Ich habe ihn zu meinem Geburtstag eingeladen." Kennys Mutter brüllte schrill: „Was!" Kenny war, wie so oft, wenn seine Mutter laut wurde, eingeschüchtert und wiederholte: „Ich habe ihn eingeladen, Mick, Paul und ich haben uns mit ihm angefreundet." Die Stimme seiner Mutter nahm nun einen bedrohlichen Ton an: „Du wirst ihn wieder ausladen, ich wünsche keinen Kontakt zu diesem Jungen. Ich werde gleich deinen Lehrer anrufen, um sein Angebot anzunehmen, dieses Kind in eine andere Klasse zu stecken. Dieser Junge kann dir gefährlich werden!"

Kenny, der oft Angst vor seiner Mutter hatte, ins Besondere, wenn diese in diesem Ton sprach, fasste seine Kraft und seinen Mut zusammen, um seiner Mutter zu widersprechen.

„Ich, wir wissen über alles bescheid. Jeremias war von Anfang an ehrlich zu uns und er weiß auch über meine Krankheit bescheid. Er hat von selber zu mir gesagt, dass er nicht laut werden wird und dass er auch nicht die Fäuste ballen wird, wenn ich in der Nähe bin!" Seine Mutter klang nun nicht nur dominant, sondern auch schrill. „Auf die Worte von so einem Kind kannst du doch nichts geben!"

Kenny schwieg kurz. Dann sagte er: „Lass ihn doch an meinem Geburtstag kommen und mach dir ein Bild. Sollte sich deine Meinung bestätigen, so bin ich mit allem einverstanden, was du unternehmen wirst. Sollte sich jedoch bestätigen, was ich gesagt habe, so gib ihm doch eine Chance. Er freut sich nämlich genauso wie Mick, Paul und ich, dass wir in die gleiche Klasse kommen sollen."

Mit einem strafenden und eiskalten Blick stimmte seine Mutter zu.

Bevor Kenny an diesem Tag schlafen ging, rief er jedoch Mick an und bat ihn, ihn am nächsten Tag zu sich nach Hause abzuholen. Kenny hatte sowohl Angst, am Telefon, als auch bei sich zu Hause von den Worten seiner Mutter und seinem Plan zu erzählen, da er Angst vor seiner Mutter hatte, die ihn nicht nur beim Telefonieren, sondern auch des Öfteren an der Zimmertür belauschte, wenn sie dachte, Kenny könnte etwas sagen, was ihr nicht passte, oder wenn sie das Gefühl hatte, ihr Sohn würde ihr etwas verschweigen, was sie unbedingt wissen wollte.

Er war froh, als er am nächsten Tag mit Mick zusammen gemütlich zu Mick ging und Kennys Mutter freute sich auch darüber, da sie, wie so oft, einen schönen Tag mit einer ihrer vielen Freundinnen verbringen wollte. Kennys Vater war ohnehin nie zu Hause und hatte, oder nahm sich, nur selten Zeit für seinen Sohn, somit hatten die beiden Freunde keinen Zeitdruck und das war wichtig.

Kenny erzählte Mick, was seine Mutter am Vortag in Bezug auf Jeremias gesagt hatte.

„Deine Mutter kann wohl gar nicht verstehen, warum er so ausgerastet ist. Kein Verständnis!" Kenny nickte und fügte hinzu: „Und sie hat ihm nicht zu Gute gehalten, dass er von Anfang an ehrlich gewesen ist."

Mick riss auf einmal die Augen auf. „Sie scheint auch gar nicht zu bedenken, dass Jeremias erst recht ausrasten könnte, wenn er das Gefühl bekommt, du hättest ihn verraten und nichts dagegen unternommen, dass er keine wirkliche zweite Chance bekommt und sein Vertrauen missbraucht worden sein könnte."

Kenny stand auf. „Der Gedanke ist mir auch gekommen. Deswegen müssen wir ihn irgendwie vorbereiten, damit alles glatt geht. Andererseits darf er nicht spüren, wie misstrauisch meine Mutter und vermutlich auch unser zukünftiger Lehrer sind."

Mick stimmte Kenny im Prinzip zu, sagte dann aber doch, was er gerade gedacht hatte: „Es wird bestimmt irgendwann sowieso herauskommen und dann wird er gleich doppelt verletzt sein, weil wir ihm nicht erzählt haben, was wir wissen und zum Zweiten über das Mistrauen der Anderen." „Stimmt, außerdem sind Freunde ehrlich zueinander und wir haben mit ihm Freundschaft geschlossen!" Kenny und Mick waren sich einig, wussten aber auch, dass sie nicht mit Jeremias dort reden konnten, wo jeder mithören konnte oder jederzeit jemand vorbeikommen könnte, der etwas gegen ihn hatte. Trotzdem mussten sie ihn erst finden und wo sollten sie bei diesem schönen Wetter sonst suchen, wenn nicht auf dem Spielplatz.

Jeremias war nicht dort. Lediglich vier Kinder in Kennys und Micks Alter buddelten im Sandkasten.

„Habt ihr einen Jungen gesehen, er heißt Jeremias, ist etwa einen Kopf größer als ich und hat schwarze Haare?" Mick merkte schon während er fragte, dass die Kinder bei Jeremias' Namen plötzlich die Miene verzogen. Die Kinder sahen sich an und grinsten blöd. Dann stand ein Junge mit Brille, der ziemlich fett war, auf und sagte: „Wie kann man nur so blöd sein und sich mit so einem Spatzenhirn abgeben?" Kenny wurde wütend. Er schupste den Jungen heftig und rief: „Du bist doch selber blöd, ich bin es aber nicht und Mick auch nicht und, nur damit du es

weißt, Jeremias ist unser Freund und er ist kein Spatzenhirn!"
Der Junge, der nach hinten, direkt auf seinen Po, geknallt war,
stand vor Wut geladen auf und stürzte sich auf Kenny.

„Lass ihn in Ruhe, er ist schwer krank und kann sich nicht wirklich verteidigen!" Mick zerrte an den Schultern des Jungen, der
auf Kenny lag, aber vergeblich. „Wenn er wirklich so krank ist,
dann soll er die Klappe halten, jetzt hat er erst einmal eine Ab-
reibung verdient!" Er wollte Kenny soeben eine Hand voller
Sand in den Mund stecken, da rief ein dünnes Mädchen, dass
mit dem Jungen gespielt hatte: „Achtung, Seppel! Hinter dir!"
Die Umdrehung von dem Jungen, der wohl Sebastian hieß und
„Seppel" gerufen wurde, machte es Jeremias leichter. Dieser
packte ihn an den Armen und schleuderte ihn hinter sich. Diesmal fiel Seppel härter. Er schrie und weinte nicht, blieb jedoch
liegen.

Jeremias hätte ihm am liebsten noch ordentlich in den Bauch
geboxt, aber jetzt war er erst einmal besorgt um Kenny, der
käsebleich im Sandkasten saß und sich erbrochen hatte. Als
Jeremias dies sah, bekamen seine Augen einen bedrohlichen
Blick und seine Hände formten sich zu zwei Fäusten. Die
Unterarme winkelten sich herum und im gleichen Moment
sprang er in die Luft und drehte sich um 360 Grad. Er kochte
vor Wut. Wer weiß, was passiert wäre, wenn er Kenny nicht
leise und schwach sagen gehört hätte: „Nein, Jeremias, bitte
nicht." Jeremias hätte seinem Zorn gerne freien Lauf gelassen,
er wollte jedoch nichts tun, dass Kenny aufregen könnte und
seinen Zustand verschlimmern könnte. Er ging näher an Kenny
und Mick heran und sagte dann: „Er hätte dich vielleicht umgebracht." Kenny keuchte: Könnt ihr mich in dein Bett tragen,
Mick, ich brauche Ruhe und hier ist Angst und wir können
nicht reden."

Während die beiden Jungs Kenny zu Mick trugen, rappelte sich Seppel auf. Weder Jeremias, noch Mick oder Kenny hatten gemerkt, dass Sebastian bei seinem Sturz drei Zähne verloren hatte. Die Beiden legten Kenny vorsichtig auf Micks Bett und setzten sich ganz still neben ihn. Nach einer Stunde hellte sich Kennys Gesicht auf. „Es ist so schön, wenn die Kopfschmerzen und begleitende Übelkeit verschwindet", sagte er. Die Drei fingen langsam wieder an sich zu unterhalten. Plötzlich sagte Jeremias betrübt: „Bin ich mit Schuld daran, dass es dir so schlecht geworden ist, Kenny?"

Kenny setzte sich auf. „Nein, auf keinen Fall, ganz im Gegenteil, wer weiß, was passiert wäre, wenn du nicht gekommen wärest." „Wer weiß, was passiert wäre, wenn Jeremias nicht auf dich gehört hätte", sagte Mick. „Wie meint ihr das, ich war im Recht. Wenn er gleich wieder aufgestanden wäre, so hätte ich auf jeden Fall zuschlagen müssen, deinet- und meinetwegen. Ich war im Recht." Kenny atmete tief durch, da nun der Moment gekommen war, in welchem Jeremias erfahren musste, was seine Mutter gesagt hatte und dass sein Lehrer sie warnen wollte. Auch musste er erfahren, wie er die Kinder vom Spielplatz einzuordnen hatte.

„Wir müssen dir etwas sagen, Jeremias", begann Kenny.
Jeremias verunsicherten die Worte von Kenny und er bekam ein mulmiges Gefühl. „Was gibt es", fragte er.

„Wir waren eigentlich auf dem Spielplatz, um dich zu suchen."
Kenny erzählte alles, was sich auf dem Spielplatz ereignet hatte.
„Dann ist es ja doch ein wenig meine Schuld gewesen, weil ich gegangen bin, als mich die Vier zu einer Prügelei provozieren

wollten. Ich war sehr wütend und traurig, weil sie schon so viel über mich wussten und mich gar nicht mitspielen lassen wollten. Zuerst schon, aber als ich gesagt habe, wie ich heiße, sagten sie, sie wollen doch nicht mit mir spielen und verletzten mich mit hässlichen Worten."

Jetzt berichteten die Beiden auch, warum sie Jeremias gesucht hatten. „Wir haben aber nichts erzählt, die müssen es woanders her wissen!" Mick klang sehr wichtig.

„Hätte ich auch nie gedacht. Irgendwer hat es aufgeschnappt und ein Lauffeuer verbreitet sich nicht nur auf einem Dorf schnell, selbst eine Großstadt brennt innerhalb kürzester Zeit, in Zeiten des Internets sowieso." Dann grinste Jeremias und fragte: „Hast du das wirklich gesagt, dass ich zu deiner Geburtstagsfeier kommen soll?" „Das hab ich dir doch schon an dem Tag gesagt, als wir uns kennengelernt haben." Jeremias nickte und seine dunkelblauen Augen leuchteten fassungslos-glücklich. Dann wurde er wieder ängstlich. „Was kommen denn noch für Leute?" Kenny verstand. „Nur meine Freunde, die alle nett sind. Mick und Paul kennst du ja. Bill, der leider umgezogen ist, wird kommen, Tabea, die ist toll, und vielleicht noch jemand, aber eigentlich reicht das." Jeremias sagte erwachsen: „Du solltest noch ein zweites Mädchen einladen, Tabea könnte sich alleine zwischen so vielen Jungs unwohl fühlen."

Das wollte Kenny auf keinen Fall. „Ich könnte Nadine einladen, oder, Mick?" „Das ist eine super Idee. Wir sind mit Nadine in den Kindergarten gegangen. Sie war so ziemlich das netteste und klügste Mädchen dort. Nächstes Jahr kommt sie in unsere Klasse", erklärte Mick.

Da klingelte es an der Haustür. Da die Drei alleine waren, ging Mick öffnen.

Seppel, ein Mann und Kennys Mutter standen im Türrahmen.

„Wo ist Kenny!", brüllte Kennys Mutter hysterisch, die immer noch ihr Partykleid trug, was sie zum Treffen mit ihrer Freundin angezogen hatte.

„Ich bin hier", sagte Kenny ruhig, jedoch etwas genervt, als er gerade die Treppe herunterkam. Als er neben seiner Mutter Seppel mit einem triumphierenden Gesicht erblickte, bekam er wieder starke Kopfschmerzen. Er wurde weiß und setzte sich auf die vorletzte Treppenstufe. „Warum hast du dich nicht nach Hause bringen lassen, hier bist du ohne professionelle und zuverlässige Aufsicht", sagte Kennys Mutter in einem äußerst spitzen Ton. Kenny war momentan absolut nicht in der Lage etwas zu sagen, was seine Mutter verärgern würde und dazu führen würde, dass sie ihn mit ihrem spitzen Ton weiter durchbohren würde. Trotzdem musste er etwas sagen. „Zu Hause wäre doch sowieso auch keiner gewesen, du wärest doch den ganzen Tag mit deiner Freundin auf dieser Tanzparty gewesen", dass „wie fast immer" traute sich Kenny nicht zu sagen, weil er Angst vor seiner Mutter hatte. „Mick und Jeremias hätten Hilfe geholt, wenn es nötig gewesen wäre, ich kann mich und meine Situation sehr gut einschätzen und werde von denen sehr ernst genommen." Wütend erkannte Kennys Mutter den Vorwurf in diesen Worten. Schließlich nahm sie Kennys Schmerzen und seine Situation oft nur wahr, wenn sie damit punkten konnte und Kennys plötzliche Kopfschmerz- und Übelkeitsattacken nicht ihre Frei- und Wohlfühlunternehmungen, die fast täglich waren, störten oder gar verhindern konnten. Innerlich kochend und in diesem einschüchternden, spitzen Ton fuhr sie fort: „Wenn Seppel, dieser nette Junge, mich nicht gerufen hätte …"

Kenny und Mick sahen sich kopfschüttelnd an und auch Jeremias, der jetzt auch nach unten kam, riss seine Augen auf.

„Dieser „nette Junge" hätte Ihren Sohn fast umgebracht." Jeremias klang höflich, fest, jedoch auch fassungslos."

„Bist du Jeremias!" Kennys Mutter klang aggressiv.

Kenny stand, obwohl er sich noch nicht ganz gut fühlte, auf. „Was hat Seppel denn erzählt, Jeremias hat nichts getan, im Gegenteil, ohne ihn wäre ich erstickt!" Kennys Mutter achtete nicht darauf, dass sich ihr Sohn nicht wohl zu fühlen schien. Sie hatte nur sich und ihre Wut im Kopf. „Seppel hat die Wahrheit gesagt", der Ton der Mutter klang nun mörderisch. Sie stürzte auf Jeremias los. Sie packte ihn und holte aus. Kenny sprang auf und streckte seinen Kopf dazwischen. So bekam er die Ohrfeige ab und wurde dann noch von seiner Mutter angeschnauzt, weil er sich eingemischt hatte. Eine Entschuldigung blieb, wie immer, aus, da seine Mutter „nie im Unrecht war." „Hört uns doch erst einmal zu!" Mick war verzweifelt. „Ihr werdet doch alle nicht die Wahrheit sagen und alles dafür tun, dass Jeremias noch hundert Chancen erhält und ich wollte ihm schon eine Zweite geben." „Mein Sohn wird ganz sicherlich nicht lügen", sagte Micks Vater, der gerade in der Tür erschien. Dann musterte er den Mann, der bereits fast in seinem Haus und nicht mehr in der Tür stand.

„Oh, Tassebau mein Name, das ist mein Sohn Sebastian." Nun waren die drei Freunde platt. Das konnte ja noch heiter werden.

Jetzt endlich bekam Mick die Möglichkeit zu erzählen, was passiert war. Als er mit Berichten fertig war, sagte Seppel: „Ihr glaubt doch nicht wirklich, dass euch jemand glaubt. Ihr solltet euch auch Beide eine neue Schule suchen, wenn ihr auf Spatzenhirne steht, die nur zuschlagen können. Ich hätte ihm vielleicht besser die Fresse mit Sand stopfen sollen, hätte ihm bestimmt ganz gut getan." Das letzte Wort sprach Seppel sehr langsam und sein Finger, der während seines letzten Satzes auf Jeremias gedeutet hatte, sank. Er merkte erst jetzt, dass er eben alles zugegeben hatte. Die Blicke aller Erwachsenen richteten sich nun auf Seppel. Mick und Kenny grinsten kurz triumphierend zu Jeremias, blickten dann jedoch ernsthaft zu Seppel. „Wir sprechen uns noch, Junge, geh jetzt heim, dort werden wir uns gleich in Ruhe unterhalten." Seppel ging, jedoch nicht, ohne vorher etwas zu sagen, dass eine wichtige, noch offene Frage klären sollte: „Du hast doch selber gesagt, dass du nicht möchtest, dass ein Kind in deine Klasse kommt, dass sich nur mit den Fäusten verteidigen kann, das mit Kenny, das ist oder wäre halt einfach so passiert!" Weinend rannte Seppel weg.

Kenny, Mick und auch Micks Vater blickten nun fragend auf Herrn Tassebau. Jeremias sah ihn auch an. Nicht fragend. Sein Blick war verletzt und ängstlich zugleich.

„Was haben Sie Ihrem Sohn gesagt?" Micks Vater klang sehr ernst. Herr Tassebau sprach verlegen, es war sich jedoch keiner der Anwesenden sicher, ob er die Wahrheit sprach. „Ich hatte vor ein paar Tagen einen befreundeten Kollegen zu Gast und da haben wir auch über Jeremias gesprochen. Kann sein, dass ich so etwas Ähnliches gesagt habe, wie mein Sohn eben gesagt hat. Ich habe erst später gemerkt, dass die Tür ein wenig offen und mein Sohn im Nebenzimmer gewesen ist. Anschließend hatte ich dann noch das Telefonat mit Ihnen, wegen Ihres Sohnes", sagte Herr Tassebau und blickte zu Kennys Mutter. "Er muss beides mitbekommen haben. Es tut mir aufrichtig leid, Jeremias, dass das alles passiert ist und dass wir dich zu Unrecht im Verdacht hatten." Er gab Jeremias die Hand. Dieser zögerte, dann nahm er die Entschuldigung jedoch an und sagte leise, dass es nur Mick und Kenny hören konnten: „Als ob ich eine andere Wahl hätte."

Da ging Kennys Mutter auf Jeremias zu. „Ich lade euch jetzt alle zu einem Eis ein, okay? Es war nicht richtig, wie ich mich benommen habe."

Jeremias schluckte hörbar seine Tränen herunter, während er leise aber deutlich sprach: „Ich will einfach nur in Ruhe gelassen werden, auch, wenn ich die Entschuldigung annehmen würde, es tut trotzdem weh, wenn man keine wirkliche zweite Chance bekommt." Während er sich durch die Tür drängelte, fragte er noch: „Sehen wir uns bald wieder, Mick, Kenny?" „Du weißt ja jetzt, wo ich wohne. Komm doch Übermorgen gegen elf Uhr her, okay?" Jeremias nickte und sagte mit weinender Stimme: „Danke, Mick, und dir auch danke, ihr seid richtige Freunde." Dann entfernte er sich raschen Schrittes.

„Eigentlich müssen wir Jeremias dankbar sein", sagte Mick. Während Kenny zustimmte, schienen die Erwachsenen plötzlich anzufangen zu begreifen, was sie in der letzten Stunde eigentlich angerichtet hatten.

Kapitel zehn – Kenny hat Geburtstag

Es war Samstag Vormittag. Gleich sollten alle an der Tür klingeln, die Kenny zu seiner Geburtstagsfeier eingeladen hatte.

Mick war aber schon da. Er hatte bei Kenny übernachtet und das Frühstück auf Kennys Zimmer gebracht. „Es soll ja etwas Besonderes sein", sagte er zu Kenny, als ihm gelungen war, Kennys Mutter zu überreden, dass er und Kenny auf dem Fußboden von Kennys Kinderzimmer frühstücken durften.

„Ich hole noch einen Teller für Caesar", sagte Kenny und wollte schon aufstehen. „Warum nimmst du nicht einfach ein Blatt Papier", fragte Mick.

„Für Caesi soll es auch ein besonderer Tag sein. Wenn es das nicht ist, so habe ich es wenigstens versucht und keiner kann mir zum Vorwurf machen, ich hätte ihn vergessen."

Er holte einen Teller und platzierte etwas Müsli, ein paar Obststückchen und ein paar Brotkrumen auf ihm. Dann ging er zum Käfig, um seinen Vogel auf den Teller zu locken. Caesar fühlte sich auf dem Teller jedoch nicht sonderlich wohl, da er sich nirgends mit seinen Krallen halten konnte und immer vom Rand des Tellers abrutschte. Also wurde doch Papier ausgelegt und Caesar aß mit, wenn er auch manchmal versuchte auf Micks oder Kennys Brötchen zu flattern, um zu schauen, ob nicht auch hier ein Leckerbissen zu erhaschen war.

So saßen sie, bis es um 10:30 Uhr an der Tür klingelte, räumte Mick, während Kenny Tabea die Tür öffnete, das dreckige Geschirr in die Spüle.

„Alles Gute zum Geburtstag, Kenny!" Kenny lächelte verlegen, als er Tabea mit einer Handbewegung hereinwies und dann die Tür schloss. Er wollte nicht, dass Tabeas Mutter, die sie mit dem

Auto gebracht hatte, sah, dass er Tabea nun mit einer schüchternen Umarmung begrüßte. „Schön, dass du da bist, Tabea, ich freue mich." Kenny wollte Tabea gerade ins Wohnzimmer führen, wo der Tag hauptsächlich ablaufen sollte, da klingelten nach und nach auch die anderen Gäste.

Als sie vollständig waren, packte Kenny die Geschenke aus und musste raten, welches Geschenk von wem war. Er brauchte immer nur einen Versuch.

Von Mick bekam er zwei Tiervideos über Krähen, von Bill und Paul zusammen ein ferngesteuertes Flugzeug. Jeremias schenkte Kenny einen Kinogutschein und einen selbstgebackenen Sandkuchen, über welchen sich Kenny ebenfalls sehr freute. Von Nadine bekam er ein Päckchen mit vielen Kleinigkeiten und Tabea hatte für Kenny die aktuellste Hörfolge von Tornado und Karko gekauft, welche „Donald der Held" hieß.

„Sie ist wunderschön", sagte Tabea, als Kenny sich freudig bei allen bedankte. „Wir können sie ja bald zusammen anhören, wenn ich dich besuchen komme, denn das werde ich tun, Tabea", sagte Kenny etwas verunsichert. Tabea nickte und lächelte zaghaft. „Was machen wir jetzt eigentlich, ich kenne gar nicht alle hier, wir können ja kurz etwas über uns erzählen, dann wird es leichter später zu reden", Bill wollte mit seinem Vorschlag auf keinen Fall den Ablauf des Tages bestimmen, aber seine Angst war unnötig, schließlich kannte, bis auf Kenny und Mick, nicht jeder jeden. „Gut, wir erzählen kurz etwas über uns und dann spielen wir ein lustiges Spiel. Dann habe ich mir überlegt, dass wir zum Fluss gehen. Dort können wir mit dem Schiff eine kurze Rundfahrt machen und ich gebe jedem ein Getränk aus. Später gibt es dann hier Abendessen und zwischendrin können wir ja schauen, worauf wir Lust haben."

Die Vorstellungsrunde brachte für alle wichtige Kenntnisse. Vor allem Tabea war erleichtert, als sie erfuhr, dass Nadine eine alte Freundin von Kenny war, denn, ganz anders, als Jeremias gesagt hatte, war Tabea verunsichert, als sie feststellen musste, dass Kenny noch ein zweites Mädchen eingeladen hatte.

Jeremias musste erklären, warum er für Kenny einen Sandkuchen gebacken hatte. Er, Mick und Kenny berichteten von dem Vorfall auf dem Spielplatz. Jetzt hatten auch die Anderen den Wunsch, etwas von sich Preis zu geben.

Dann spielten sie ein Spiel, dass sich Kenny ausgedacht hatte. Es wurden zwei Teams gegründet und einer aus dem einen Team musste bestimmen, was ein Anderer aus dem Gegnerteam darstellen sollte und seine Mitspieler mussten dann herausfinden, was dargestellt wurde. Es war sehr lustig, ins Besondere Jeremias stellte sich als äußerst kreativ heraus. Alle waren gut gelaunt und so machten sie sich auf den Weg zum Fluss für die Rundfahrt. Sie setzten sich an einen Tisch und begannen zu plaudern.

„Was ist eigentlich eine Chemo? Ich weiß zwar, dass Kenny mal eine machen musste, aber was es genau ist, weiß ich nicht", fragte Nadine vorsichtig, als Mick, Kenny und Tabea gerade vom Krankenhaustreff berichteten und Tabea sagte, dass sie wegen der Ansteckungsgefahr während einer Chemo dort nicht hingehen darf.

„Während einer Chemotherapie bekommt man starke Medikamente, die die Krebszellen abtöten sollen. Manche Chemos können über Tabletten gemacht werden, andere, auch die, die ich bekommen werde, laufen über eine Infusion. Leider machen diese starken Medikamente viel kaputt, was nicht kaputt gemacht werden soll, eben auch die Abwehr und es gibt keine Garantie für Heilung!" Hier fing Tabea an zu weinen. Sie war beschämt und zog sich in eine Ecke auf dem Schiff zurück. Kenny folgte ihr.

„He, Tabea, ich verstehe so gut, dass du Angst hast. Komm wieder zu uns, keiner ist sauer auf dich, bitte komm wieder mit." Kenny legte seinen Arm um Tabea, die auf dem Boden hockte.

„Ich hab eine solche Angst, Kenny. Ich habe eine solche Angst vor der Chemo, ich will nicht leiden. Meine Haare sind von der letzten Bestrahlung noch nicht wieder da und ich kann mich nur zu gut an die Brechanfälle erinnern, du kennst das sicherlich noch von dir, es ist die Hölle und am Ende …" Tabea weinte nun tief und es klang so, als würden ihre Tränen ihre Stimme ertränken."

Nun kniete sich Kenny neben Tabea. „Ich kann dir diese Angst leider nicht nehmen, aber ich gebe dir mein Wort, dass ich dich besuchen komme, gleich nach der ersten Chemo am Montag nach der Schule, ja?" Tabea schluchzte kurz und putzte sich die Nase. Dann ging sie mit Kenny zu den Anderen zurück.

Sie unterhielten sich angeregt und so war die kurze Fahrt schneller als gedacht zu Ende und sie gingen zurück zu Kenny. Da es noch Zeit bis zum Abendessen war, überlegten sie schon auf dem Heimweg, was sie lustiges machen könnten. Bei Kenny angekommen, war Tabea nicht mehr ganz so unwohl zu Mute. Kenny war die ganze Zeit neben ihr gegangen und auf dem Rückweg war nicht ein Wort über das gefallen, was Tabea betrübte. Das war auch nicht nötig, denn Kenny lächelte sie immer dann behutsam an und legte ihr kurz die Hand auf die Schulter, wenn er merkte, dass sie wieder begann zu grübeln.

Als sie wieder im Wohnzimmer waren, holte Mick entschlossen eine leere Glasflasche und sie begannen Flaschendrehen zu spielen. Es war sehr nett, da sich immer jeder etwas Witziges einfallen ließ, was derjenige machen musste, auf den die Flasche zeigte. Nach einiger Zeit zeigte die Flasche auf Mick. Dieser war froh, dass er endlich an der Reihe war, denn er hatte schon darauf gewartet, um seinem Freund endlich einen kleinen Schubs in die richtige Richtung zu geben.

Mick grinste und drehte die Flasche. Sie zeigte auf Kenny. „Ich möchte, dass du Tabea küsst", sagte er. Kenny wurde rot. Er wäre am liebsten sauer auf Mick geworden, aber dafür war jetzt keine Zeit und so unrecht war es ihm nicht. „Darf ich das überhaupt tun?" Kenny flüsterte ganz leise in Tabeas Ohr. Diese nickte leicht und Kenny gab Tabea einen schüchternen Kuss auf die Wange. Alle lachten. Tabea und Kenny lachten verlegen mit. Jetzt drehte Kenny die Flasche und diese zeigte wieder auf Mick. „So", sagte Kenny, „ich möchte, dass du heute beim Abendessen die Pommes mit Messer und Gabel ist." Mick blickte enttäuscht auf Kenny. „Muss das denn wirklich sein?" Kenny nickte. Sie spielten noch eine Weile weiter, bis Kennys Eltern zum Essen riefen. Es gab Wiener Würstchen mit Pommes. Mick aß brav mit Messer und Gabel. Zum Nachtisch machten sie ein Schokokusswettessen und Tabea gewann. Dann verabschiedeten sich nach und nach die Gäste. Zum Schluss war nur noch Tabea da. Kenny und Tabea saßen auf dem Sofa und wechselten kaum ein Wort. Man sah jedoch beiden an, dass sie glücklich waren. Als es dann an der Tür klingelte und Tabeas Eltern zum Abholen kamen, lächelte Kenny schüchtern. „Schön, das du da warst, Tabea, wir sehen uns dann im Krankenhaus zur Treffstunde." Tabea schüttelte den Kopf. Erschrocken fiel Kenny ein, dass Tabea während der Chemotherapie ja gar nicht in den Treff kommen durfte. „Entschuldigung, ich hab es nicht vergessen, ich war eben nur so dankbar und glücklich, dass ich es für einen kurzen Moment vergessen habe, nur für einen Kurzen. Ich komme auf jeden Fall zu dir, öfter als in den Krankenhaustreff, gleich nach deiner ersten Chemo übermorgen und nach meinem ersten Schultag." Als Tabea gehen wollte und sie schon fast zur Tür heraus war, ging sie zurück. Sie umarmte Kenny und gab ihm einen Kuss auf die Wange. Dann rannte sie schnell zum Auto. Kenny sah ihr lange nach, auch, als das Auto schon lange nicht mehr zu sehen war. Kenny träumte süß in dieser nacht. Er träumte vom letzten Tag, von den Geschenken, von Saft und Kuchen, von Pommes und Würstchen und er träumte von Tabea. Am nächsten Tag war er fitter als sonst. Er aß reichlich zum Frühstück und überlegte, was er tun sollte. „Papa, können wir heute etwas zusammen machen?" Der Vater schüttelte den Kopf. „Ich muss den ganzen Tag arbeiten, aber frag doch Mama." „Mama, können wir etwas zusammen machen heute?" Die Mutter blickte fragend auf Kenny. „Was möchtest du denn machen?" „Na irgend etwas Tolles, ich weiß auch nicht genau." „Wie wäre es mit Zoo?" Kenny nickte begeistert. Als sein Vater zur Arbeit ging und der Frühstückstisch abgeräumt war, machten sich Kenny und seine Mutter auf in den Zoo. Das Wetter war herrlich und es war viel los. Zuerst kamen sie bei den Schildkröten vorbei. „Wieso können Schildkröten so alt werden?", fragte Kenny seine Mutter. „Das weiß ich nicht." „Aber es muss doch einen Grund geben. Sie denken vielleicht viel langsamer und können in ihrem langen Leben nur so viele Gedanken denken, wie ich in meinem Kurzen, vielleicht deswegen, denn sonst würde ihnen ja langweilig werden!" Kenny fand seine Antwort logisch. „Aber sie können sich auch mit ihren Eltern und Freunden unterhalten", schlug seine Mutter vor. „Ja, aber viel, viel langsamer halt als Menschen", sagte Kenny genervt. Da er den Überblick über das, was er sagen wollte, verloren hatte, wechselte er rasch das Thema. Er unterhielt sich mit seiner Mutter über das kommende Schuljahr, was passieren könnte und versuchte das Gespräch aufrecht zu halten. Eigentlich wollte er nur durch den Zoo gehen und genießen, er hatte jedoch Angst, dass das Gespräch auf Tabea kommen könnte, wenn er schwieg, deswegen ließ er sich stets etwas Neues einfallen, was er sagen konnte. Dadurch, dass er Zeitweise wie ein Wasserfall plauderte, konnte man den Eindruck gewinnen, dass es ihm voll und ganz gut ging, es war aber eher das Gegenteil der Fall und Kenny kam sich ungut vor. Gerne hätte er seine tatsächlichen Gefühle zum Ausdruck gebracht, seine Trauer und Sorge um Tabea und die Angst, dass Bedenken, dass es im nächsten Schuljahr Probleme mit Mitschülern geben könnte, aber es gab keine irdischen Worte, die seine Gefühle explizit vermitteln hätten können und deswegen ließ er es lieber gleich sein. Als er Abends im Bett lag, sagte Kenny zu sich: „Es ist merkwürdig. Trotz der vielen Worte, die es gibt, ist es nicht möglich die zu finden, die dem Anderen genau dass vermitteln, was man vermitteln möchte." Dann fügte er hinzu, als Caesi leise piepste: „Aber bei Tabea ist es, glaube ich, anders, da braucht man kaum Worte, und sie braucht auch keine Worte zu suchen, die ihre Angst beschreiben, ich glaube, ich weiß, wie sie sich fühlt." Kenny schloss seine Augen und schlummerte sogleich müde ein.

Kapitel elf – Das neue Schuljahr beginnt

Es herrschte Unruhe, als Herr Tassebau am ersten Tag nach den Sommerferien die Klasse fünf betrat, die er die nächsten Jahre als Klassenlehrer haben würde. Als alle zur Ruhe gekommen waren und sich um den Gruppentisch versammelt hatten, sagte Herr Tassebau: „Guten Morgen. Ich bin euer Klassenlehrer Herr Tassebau. Die Meisten von euch kennen sich bestimmt, trotzdem soll jeder die Möglichkeit bekommen etwas über sich zu sagen. Sagt am besten euren Namen und welches Fach ihr am liebsten mögt. Wenn ihr wollt, aber das ist kein Muss, könnt ihr euren Mitschülern auch noch etwas Anderes mitteilen. Meine Lieblingsfächer sind Mathe und Englisch, darin werde ich euch auch unterrichten. Ich möchte euch auch etwas über mich sagen und ich denke, das gilt für jeden von uns. Niemand ist perfekt und jeder von uns tut Dinge, die nicht richtig sind und die ihm hinterher leid tun. Sollte es also Probleme geben, oder sollte jemand das Gefühl haben ungerecht behandelt zu werden, so bitte ich diese Person dies gleich zu sagen." Herr Tassebau schaute, während er sprach, immer wieder zu Jeremias. Dieser merkte es wohl und wusste diese Blicke einzuordnen, vertrauen würde er Herrn Tassebau trotzdem noch nicht können.

Die Vorstellrunde ging nun weiter und da 18 Schüler die Klasse besuchten, dauerte es noch etwas, bis die Reihe an Kenny, der der Vorletzte war, kam.

„Hallo, ich bin Kenny. Die Meisten kennen mich ja. Für diejenigen, die noch nichts über mich wissen, ich bin eigentlich ganz normal. Ich muss etwas mehr darauf achten, dass ich mich nicht überfordere. Wenn ihr etwas wissen wollt, dann fragt mich einfach. Was mein Lieblingsfach sein wird, weiß ich noch nicht. Auf Englisch bin ich schon gespannt, Biologie finde ich super."

Jetzt war nur noch Jeremias an der Reihe. Er konnte die Blicke seiner neuen Mitschüler, die ihn noch nicht kannten, deutlich spüren. Dies war ihm unangenehm, da er nicht wusste, wie diese Blicke einzuordnen waren.

„Ich bin Jeremias. Ich wohne erst seit Anfang der Sommerferien hier. Meine Lieblingsfächer sind Mathe und Verfügungsstunden." „Warum denn gerade Mathe?", wollte ein Junge wissen, der nicht gerade sehr freundlich klang.

„Da muss man nicht so viel reden. Man kann ganz ruhig seine Aufgaben lösen und lässt sie dann kontrollieren. In Deutsch muss man immer der ganzen Klasse vorlesen, was man sich ausgedacht hat und dann kann es jeder schlecht reden, obwohl doch jeder seine eigene Phantasie hat, das ist doch gemein, oder? Da kann das Eine doch nicht besser sein als das Andere." „Deins bestimmt nicht", ertönte es von irgendeinem Platz. Jeremias reagierte nicht und auch Herr Tassebau sagte nichts, wenn er es überhaupt gehört hatte.

„Stimmt es, dass du von deiner alten Schule geflogen bist, weil du dich so schlecht benommen hast?" Ein Mädchen, dass gegenüber von ihm saß, wurde wegen seiner Frage von Herrn Tassebau mit einem bösen Blick bestraft. Bevor er jedoch etwas sagen konnte, äußerte sich Jeremias: „Wenn jeder die Schule verlassen müsste, der so etwas wie ich macht, so bräuchte man bald keine Schulen mehr. Für mich waren die Anderen viel schlimmer, aber die wurden nie bestraft. Du wirst mich schon noch kennenlernen." Herr Tassebau wusste nicht, ob dass, was er jetzt tat, richtig war, aber es nicht zu sagen, wäre sicherlich mindestens genauso falsch gewesen, so dachte er jedenfalls.

„Jeremias, es gibt im Nebenraum einen Boxsack, der ist ganz neu. Wenn dir danach ist, so kannst du ihn jeder Zeit benutzen, du hast das Vorrecht, alle Kollegen wissen bescheid."

Nun überschlugen sich die Reaktionen.

Das Mädchen, das soeben schon Jeremias provoziert hatte, dessen Namen er jedoch noch nicht wusste, schaute schnippisch zu ihren Linken und sagte dann: „Wieso bekommt er ein Vorrecht, kaum neu, schon Extrawünsche und dann bekommt er auch noch einen Boxsack. So weit ich weiß, gab es den letztes Jahr in der ganzen Schule nicht." Ein dünner Junge nickte entschlossen und sagte: „Genau, Jutta, der macht sich nicht gerade beliebt, wenn er eine Sonderstellung bekommt."

Herr Tassebau sah ratlos aus. „Ihr solltet Jeremias vielleicht besser fragen, warum er das braucht und solltet ihn, wie er selber gesagt hat, erst einmal kennenlernen, sonst gibt es Ärger, dass gilt auch für euch, Jutta und Mathias, ist das klar?" Das Gesicht der Beiden verdunkelte sich nun.

„Wirst du manchmal wütend und musst du dich dann abreagieren?", fragte ein Junge höflich, der Moritz hieß. „Ich verzweifle schnell, dass ist richtig, aber wenn man mir nichts tut, so bleibe ich ganz ruhig", antwortete Jeremias. Moritz nickte verständnisvoll. Da meldete sich Nadine. „Jeremias ist cool. Kenny, Paul, Mick und ich kennen ihn schon gut, der Boxsack ist sicherlich wichtig für ihn und ihr dürft euch nicht beschweren, wenn er ihn braucht oder auf euch losgeht, wenn ihr so gemein seid, obwohl ihr ihn noch gar nicht kennt."
„Wir tun ihm bestimmt nichts, aber wir wissen ja nicht, wie sensibel er ist", sagte der Junge, der links von Jeremias saß und Robert hieß. Die Worte des Jungen verletzten Jeremias. Mit einem Satz sprang er auf und hob die Fäuste. Kenny rannte zur Tür und öffnete sie, damit Jeremias möglichst schnell zum Boxsack laufen konnte. Dies wäre sicherlich nicht nötig gewesen, wenn Robert sich nicht weiter über Jeremias lustig gemacht hät-

te und sich ihr Lehrer etwas professioneller, bessergesagt fein-
fühliger, angestellt hätte. „Oh, ein Weichling", sagte Robert und
schaute Jeremias herausfordernd und provozierend ins Gesicht.
„Hau ab und lass mich in Frieden!" Jeremias schrie und hätte am
liebsten zugeschlagen. Da stand Herr Tassebau auf und drehte
sich zu Robert. „Ich werde schon wissen, wie ich es einzuordnen
habe, wenn Jeremias mal ausrastet. Du bist jetzt still und ent-
schuldigst dich bei ihm!" Robert streckte Jeremias zwei Finger
entgegen und sagte genervt: „Schuldigung." Jeremias nahm die
Entschuldigung an, obwohl er genau wusste, dass sie nichts wert
war, er jedoch keine andere Wahl hatte.

Nun bat Herr Tassebau Jeremias vor die Tür.

„Danke, Kenny, für deine Hilfsbereitschaft, geh schon mal rein,
wir kommen gleich, ich muss noch kurz mit Jeremias reden",
sagte Herr Tassebau. Kenny zögerte kurz und schaute zu Jeremias. Jeremias verstand und sagte dann: „Kenny kann ruhig dabei bleiben, das wäre mir sogar lieber", und Herr Tassebau
stimmte, wenn auch nur ungern, zu.

„Es ist wichtig für dich, dass du dir ein dickeres Fell zulegst,
Jeremias, du wirst es schwer genug haben bei allen Vorurteilen,
die scheinbar überall über dich herumgeistern."

„Als ob ich nicht wüsste, dass jeder denkt, ich sei schlecht und
gemein. Wenn alle normal zu mir wären, so würde ich niemals
so einen blöden Boxsack brauchen!"

Herr Tassebau schaute mit einem Lehrerblick zu Jeremias.

„Glaubst du nicht, dass du, zumindest am Anfang, deinen Mitschülern gegenüber etwas großzügiger sein solltest, du weißt
doch, wie hier über dich geredet wird, da sind die Meisten schon
verunsichert."

„Ich weiß sehr wohl, dass hier jeder schon ein ganz bestimmtes
Bild von mir hat, Sie wissen es sicherlich mindestens genauso

gut!" Jeremias stiegen Tränen in die Augen, aber er wollte nicht weinen. Innerhalb von Sekunden füllten sich seine Augen mit Zorn. Er behielt jedoch seinen Verstand beisammen. Kenny hatte klugerweise bereits die Tür zum Boxsack geöffnet. Jeremias sauste auf den Boxsack zu und sprang, als die Entfernung passte, an den Boxsack und klammerte sich an ihm fest. Er schrie laut und kratzte, schlug, versuchte sogar in den Sack zu beißen. Anfangs hätte Kenny fast gelacht, da Jeremias' Laute ein wenig wie Gequietsche klangen, als er jedoch sah, wie viel Wut und Verzweiflung in seinem neuen Freund steckten, fühlte er sich ratlos. Da klingelte es zur großen Pause. Jeremias ließ sogleich den Sack los und stand nun wieder auf dem Boden.

„Geht jetzt auf den Pausenhof, wir sehen uns morgen", sagte Herr Tassebau und es war deutlich zu hören, dass er nervös war. Kenny legte vorsichtig seine Hand auf Jeremias' Rücken und die Beiden gingen auf den Pausenhof, wo Mick, Paul und Nadine bereits zusammen warteten.

„Herr Tassebau hätte das mit dem Boxsack einfach nicht vor der Klasse so sagen dürfen, nicht so", sagte Nadine. Jeremias atmete tief durch. Es tat ihm gut, dass er verstanden zu werden schien. „Warum sind die Anderen in der Klasse gleich so gemein zu mir? Sie kennen mich doch gar nicht." Mick zuckte mit den Schultern. „Ich hoffe ja noch, dass es nicht alle Anderen sind. Moritz zum Beispiel hat nur gefragt, ich könnte mir vorstellen, dass er ganz nett ist", sagte Mick. Jeremias nickte. „Vielleicht", sagte er dann hoffnungslos.

In der nächsten Stunde hatten sie Deutsch. Herr Figero begann sofort mit dem Unterricht. „Ich möchte, dass jeder von euch sich ein kurzes Gedicht zu seinem Lieblingstier überlegt." Da sie eine Doppelstunde Deutsch hatten, musste jeder sein Gedicht vortragen. „Hunde und Katzen, die streiten sich nur. Immer und immer in einer Tour. Hunde, die knurren, und Katzen, die kratzen und töten oft Mäuse mit ihren Zähnen und Tatzen.

Doch ich liebe Mäuse, ich hab sie so gern und halt das Miauen mir jederzeit fern." Moritz schaute fragend zu Herrn Figero. Der gab jedoch keine Rückmeldung zu Moritz' Gedicht und rief stattdessen Robert auf, der sich wichtigtuerisch meldete.

„Ein Elefant hat einen Rüssel, 'nen Schwanz und auch zwei Ohren und kommst du unter seine Füße, so bist du gleich verloren." Robert stand auf und ging in die Mitte des Klassenraumes, wo er vor der Klasse eine Verbeugung machte. Dann schritt er arrogant zu seinem Platz und setzte sich wieder hin. Alle trugen vor und in jedem Gedicht war viel über die jeweiligen Lieblingstiere enthalten, vielleicht zögerte Jeremias deswegen, bevor er sein Gedicht begann vorzutragen.

„Strikl, der Igel, fiel in einen Tiegel
und traf dort auf einen Beagle.

Da erschrak sich unser Strikl und piekste den Beagle, da bellt' es in dem Tiegel.

Der Beagle, der bellte, der Tiegel zerschellte. Nun waren beide wieder frei,

doch wessen Tat dies sei?" Es folgte eine kurze Pause des Schweigens, die vielleicht zu Stande gekommen war, weil Jeremias der Letzte mit Vortragen gewesen ist.

Dann brach jedoch Jutta die Ruhe. „Und magst du nun Igel oder Hunde? Außerdem war in deinem Strikelgedicht nicht wirklich etwas über Igel zu erfahren!"

„Das ist wohl richtig, was Jutta sagt", sagte Herr Figero zu Jeremias. „Ich hab Igel am liebsten, deswegen spielt er auch die Hauptrolle. Zu deiner anderen Frage, ich dachte, die Aufgabenstellung lautete ein Gedicht zu unserem Lieblingstier zu schreiben, dass habe ich getan. Ich hab es nur ein wenig anders gemacht." Robert lachte gemein. „Ihr habt euch alle Mühe gegeben, auch du, Jeremias, auch wenn du die Aufgabe anders gelöst hast", sagte sein Deutschlehrer. Jeremias war traurig, dass Herr Figero Robert nicht zurechtgewiesen hatte, als er so gemein gelacht hatte. Er wollte gerade zum Boxsack gehen, damit er nicht vor Verletztheit anfangen musste zu weinen, aber Mick hielt ihn auf, indem er seinen Arm auf Jeremias' Beine stützte und flüsterte: „Robert ist ein riesiges Arschloch, daran müssen wir uns gewöhnen, bleib hier, sonst lacht er am Ende noch mehr." Als Mick dies sagte, sah er, wie eine Träne aus Jeremias' Auge rollte, die dieser jedoch sogleich wegwischte.

„Was ist mit dir los, Jeremias, rede mit uns, wir sind schließlich deine Freunde, können dir jedoch nur helfen, wenn du mit uns sprichst", sagte Paul ernst zu Jeremias, als sie nach der letzten Stunde zusammen nach Hause gingen.

„Ich habe es ja schon angedeutet", begann Jeremias. „Ich habe starke Gefühle in mir und bin schnell verletzt. Dass ist ganz schlimm, weil es weh tut. Wenn dann die Tränen kommen, so habe ich Angst, dass jemand meine Gefühle sieht und mich noch stärker verletzt. Ich glaube genau in diesem Moment schlägt diese Angst, noch stärker verletzt zu werden, in Verzweiflung um, eine tiefe Verletztheit ist es. Für die Anderen sieht es wie ein krankhafter Wutausbruch aus." Mick, Kenny, Paul und Nadine sagten Jeremias, dass sie ihn verstehen würden und waren froh, dass sich ihr Freund ihnen gegenüber nun endlich öffnete. Die Fünf trennten sich und gingen zu sich nach Hause.

Kapitel zwölf – Tabea muss stark bleiben

Kenny legte seinen Rucksack in sein Zimmer und nahm sich eine Banane. „Ich komme dann später und esse zu Mittag, Tabea wartet bestimmt schon auf mich", sagte Kenny zu seiner Mutter, die ihn fragend anblickte, als Kenny gerade das Haus verlassen wollte. Als Kenny bei Tabea klingelte und eingetreten war, zog er sogleich einen Mundschutz an, desinfizierte sich die Hände und ging dann zu Tabea. Er hätte gewiss Tabeas Mutter fragen können, wie es gelaufen war, aber da er es selber hasste, wenn jemand etwas über ihn wissen wollte und nicht ihn, sondern seine Eltern fragte, beeilte er sich, um gar nicht erst in ein Gespräch verwickelt zu werden.

Tabea lag auf ihrem Bett. Daneben, auf einem Stuhl, standen drei Flaschen Wasser, die bereits ausgetrunken waren.
„Wenn ich genug nachtrinke und gesund bleibe, so darf ich immer nach der Therapie nach Hause, sonst muss ich einen ganzen Tag im Krankenhaus bleiben", sagte sie.
„Kann ich dir irgendetwas holen, Tabea?" Kenny fühlte sich merkwürdig. Gewiss, er wusste ungefähr, wie sich Tabea fühlte, er wusste jedoch nicht, wie er das Gespräch beginnen sollte.
„Nein, es genügt, dass du da bist, setz dich und erzähle mir, wie es in der Schule war." Kenny berichtete von allem, was geschehen war und Tabea hörte mit großem Interesse zu.
„Ich finde das Verhalten von eurem Lehrer nicht sonderlich gut, er weiß doch genau, dass Jeremias diese Gefühlsproblematik hat, hoffentlich haut er diesem Robert und diesem Mathias mal ordentlich eine rein!" Tabea lächelte ein wenig, als sie das sagte. Kenny nickte.

„Verständlich wäre es und ich fände es sogar nicht schlimm, allerdings würden dann alle sagen, dass er Schuld ist und er würde den Stress haben. Jutta scheint aber auch eine Hexe zu sein und der kann er keine reinhauen, sie ist schließlich ein Mädchen", sagte Kenny und bereute seine Worte, da sie in seinen Ohren blöd klangen.

„Na und, das gibt ihr noch lange nicht das Recht so gemein zu sein. Bestimmt denkt sie, dass sie, eben weil sie ein Mädchen ist, keinen großen Ärger bekommen wird, aber auch als Mädchen sollte man sich nicht zu sicher sein, sag Jeremias doch bitte, dass ich, als Mädchen wohl gemerkt, vollstes Verständnis dafür hätte, wenn er dieser Jutta eine knallt!" Kenny lächelte. Dann sagte er:

„Ich weiß nicht, ob das geht, aber ich habe dir eben keinen Begrüßungskuss gegeben, darf ich den Mundschutz kurz abnehmen und dich auf die Stirn küssen, ich will dich nicht anstecken, bin zwar nicht krank, aber man weiß ja nie?"

Tabea wirkte erleichtert.

„Ich hatte mich schon so auf ein Küsschen vom dir gefreut, aber man fragt ja nicht nach so etwas. Bitte tue es und wenn ich von jemandem angesteckt werde, so bitte nur von dir." Tabea lachte Kenny an. Dieser gab Tabea den Kuss und sagte dann: „Dennoch würde ich besser zu Hause bleiben, wenn ich krank bin, ich liebe dich und da will ich alles dafür tun, dass dir kein Schaden zugefügt wird und eine Ansteckung könnte dich töten."

Kenny war über seine Worte verwundert. Zum Einen wusste Tabea selber, dass sie sich unter keinen Umständen anstecken darf und zum Anderen hatte er gesagt, dass er Tabea liebt. Dies machte ihm Angst. Was, wenn es Tabea missfiel und Kenny zwar ein ganz lieber Freund war, ihn Tabea aber nicht liebte? Er war sich ja selber nicht so sicher, da es nicht eine solche Liebe war, wie er es zwischen den Erwachsenen beobachtete, es war eine viel stärkere Liebe, eine Verbundenheit, vielleicht eine Seelenverwandtschaft, die er, da es dafür keine Worte gab, einfach als Liebe bezeichnete.

Tabea lächelte. „Kannst du das noch mal sagen", strahlte sie.

„Ich habe gesagt, dass ich dir unter keinen Umständen schaden möchte." Kenny ahnte wohl, dass Tabea etwas Anderes gemeint hatte, er hatte jedoch das Bedürfnis auszuweichen, da er immer noch ängstlich war. Tabea stupste Kenny behutsam mit ihrem rechten Fuß. „Ich liebe dich, Tabea, ja, ich liebe dich. Ich habe noch nie jemanden geliebt, aber ich bin mir sicher, dass ich dich liebe."

„Das ist so schön, Kenny, ich hatte so gehofft, dass du das sagst, denn ich liebe dich auch und habe mich nicht getraut das zu sagen, weil ich mir nicht sicher war, ob du auch so fühlst und Angst hatte dich zu verlieren, wenn ich es sage. Gerade jetzt hätte mir das die letzte Kraft im Kampf ums Überleben genommen." Es folgte eine Zeit des Schweigens.

„Tabea, wie geht es dir gerade?" Kenny war froh, als er diese Worte endlich über seine Lippen gebracht hatte. „Ich wollte nicht fragen, da es dir natürlich nicht gut geht und ich dir sicherlich nur begrenzt helfen kann, aber ich kann bei dir sein und dir zuhören", fügte er hinzu.

Tabea fing an zu weinen.

„Ach, Kenny, wenn mir etwas helfen kann, dann ist es, dass du da bist. Ich hab solche Angst und kann nicht mehr. Der Krankenhausgeruch alleine schon und dann die Nadel, der Tropf und alles Andere. Ich leide jetzt, aber was, wenn es vergeblich ist? Was ist, wenn die Therapie nicht anschlägt, dann geht es mir schlechter als zuvor und ich sterbe." „Du darfst Angst haben, Tabea, und ich verstehe, dass du Angst hast. Ich werde alles tun, dass diese schlimme Zeit für dich erträglich ist. Bedenke außerdem, du kannst die Chemo jeder Zeit abbrechen, wenn es dir zu sehr schlecht geht, auch wenn das kein Trost ist, wenn man leidet und Angst hat, dass das Leid immer schlimmer wird." Kenny hätte sich am liebsten in Luft aufgelöst. Seine Worte klangen in seinen eigenen Ohren so leer hohl, so unpassend, aber er wusste nichts Anderes zu sagen. In diesem Moment merkte er jedoch, wie sich Mick immer fühlen musste, wenn er meinte, dass er ihm eigentlich gar nicht helfen konnte und ihm wurde auch bewusst, dass er niemals Worte finden würde, die Mick klarmachen könnten, dass er es gar nicht von ihm erwartet und er sich keine Gedanken machen soll, denn es würde auch keine Worte geben, die Kennys Machtlosigkeitsgefühl und den Wunsch, wirklich etwas zu tun, legen würden, obwohl er wusste, dass er Tabea niemals heilen könnte, egal was er tat. Aber er wollte sie wissen lassen, dass er bereit wäre alles zu tun, wirklich alles. Deswegen sagte er ihr dies auch.

„Kenny, wie willst du etwas tun, das unmöglich ist. Ich weiß, dass du alles machen würdest, damit ich nicht leiden muss, aber du kannst mir das Leid weder abnehmen, noch es davonjagen. Was du aber machst, du schenkst mir etwas, dass das Einzige ist, was mich retten kann. Du schenkst mir einen Sinn, wofür es sich lohnt weiterzukämpfen und nicht aufzugeben, indem du einfach da bist. Ich liebe dich."

Tabea sah Kenny erwartungsvoll an. Dieser schob kurz seinen Mundschutz auf seine Nase und küsste Tabea nochmals auf die Stirn.

„Ich würde dich auch auf den Mund küssen, aber ich habe Angst, dass ich dir dann irgendwelche Bakterien übertrage, die dich krank machen." Kenny hatte den Eindruck, dass er sich entschuldigen musste, damit Tabea nicht traurig wird.

„Ist schon in Ordnung", sagte Tabea leise.

„Kenny, glaubst du, dass man sofort in der Ewigkeit ist, wenn man stirbt, oder muss man zuvor einen Stolperweg überqueren muss oder von Gott bestraft wird für Fehler und Sünden?"

„Es gibt nicht viele Antworten auf diese Frage. Ich denke jeden Tag darüber nach, seitdem ich klein bin. Da mir nie jemand eine Antwort auf diese Frage geben konnte, musste ich sie selber finden, denn die Gesunden, gerade die Erwachsenen, geben entweder immer dumme Antworten, oder sie weichen aus und geben einem das Gefühl, lästig zu sein." Tabea nickte.

„Ja, das kenne ich, sie weichen aus, weil sie sich unwohl fühlen und machtlos. Sie können nicht zugeben, dass sie die Antwort nicht kennen. Dabei würde ich mich, so glaube ich, mit keiner Antwort zufrieden geben, da man es nicht wissen kann. An meine Vorstellung von Gott und den Schutzengeln glaube ich aber ganz fest", sagte Tabea mit einem Lächeln im Gesicht und in der Stimme.

„Ja, das tue ich auch. Du hast mir damals sehr geholfen, als du mir davon erzählt hast. Deine Sicherheit und dein positives Denken haben dazu geführt, dass in meinem Herzen sofort ein neues kleines Herz zu schlagen begann."

„Aber ich will dir nicht verschweigen, was ich denke", sagte Kenny und setzte sich auf Tabeas Bett, nachdem er um Erlaubnis gefragt hatte.

„Entweder alle sind schuldig, alle in gleichen Maßen, oder einer alleine und dieser „Einer alleine" wäre Gott." Tabea blickte fragend auf Kenny. „Nun, erst das einfache, jeder wird für das zur Rechenschaft gezogen, was er tut. Ich halte dies für unwahrscheinlich, weil zu kompliziert zu beurteilen. Schließlich handelt jeder Mensch so, wie er handelt und hat immer einen Grund dafür, auch wenn sein Handeln unrecht sein könnte. Es gibt immer einen Grund dafür und für diesen Grund gibt es wiederum einen Grund und so weiter. Deswegen glaube ich daran, dass keiner wirklich schuldig ist, denn folgt man dieser Ursachenkette, so gelangt man an einen Punkt, wo alles angefangen hat, bei Gott vermutlich, der jemanden geschaffen hat, der durch etwas oder jemanden irritiert worden ist und daraufhin die erste Handlung vollzogen hat, die dann jemand oder etwas Anderes irritiert und zu einer Handlung gezwungen hat, und so weiter."

„Ja, das ist zumindest logisch, aber es gibt doch viele Dinge, die man versehentlich macht, ohne sie zu wollen, da gibt es doch einen Unterschied." Tabea freute sich, dass sie über ihre Ängste reden konnte.

„Natürlich, aber trotzdem handelst du und in dieser Kette, egal wie dein Handeln ist, entsteht irgendwo etwas, dass du nicht wolltest, früher oder später, da jedes Handeln eine unendlich lange Kettenreaktion hervorruft, sogar jedes Wort, was du sagst, da Worte auch dazu führen, dass Menschen etwas denken, sagen und irgendwo dann handeln."

„Kenny, du bist so weise, viel weiser als die Erwachsen, ich wusste schon sehr früh, dass du toll bist, ich liebe dich." Kenny desinfizierte kurz seine Hände und nahm Tabeas rechte Hand in seine. Er blickte sie an. Sekunden später fingen beide an zu weinen. Sie blickten sich an und weinten.

Dieses Weinen tat gut. Es tat beiden gut, denn es war ein Weinen voll Liebe. Gewiss, es steckte auch Trauer und Verzweiflung in ihm, aber diese tiefe Verbundenheit und die Gefühle beider, die sich irgendwie von Kenny zu Tabea übertrugen, ohne dass es dafür Worte gegeben hätte, war unbeschreiblich. „Kenny, das mit uns beiden ist etwas ganz Besonderes, es ist viel mehr als Liebe, ich weiß es leider nicht auszudrücken", sagte Tabea. „Ja, es ist viel mehr und auch weniger." Tabea sah ihn unsicher an. „Warum weniger?" Kenny wurde unsicher, da er nicht wusste, wie er seine Worte wählen sollte. „Du sagtest es selber. Es ist mehr. Wir brauchen keine Worte, da uns irgendetwas verbindet, dass viel präziser ist als es Worte sein können und die Sprache ersetzt, wir haben sozusagen ein Stück Seele, dass identisch ist. Weniger deswegen, weil wir nicht die Liebe empfinden und nie erfüllen werden, die die Anderen, die Erwachsenen, empfinden, du weißt, was ich meine?" Tabea schien Kennys Worte zu teilen. „Ja, natürlich. Das hast du gut gesagt und ich finde es gut, dass wir uns auf eine andere Art und Weise lieben. Warum können das die Erwachsenen nicht, warum müssen sie es auf einer anderen Ebene als wir tun, auf einer viel niedrigeren Ebene?" Kenny zuckte die Schulter. „Vielleicht, weil sie nicht die Person gefunden haben, mit welcher sie eine solche Liebe verbindet. Damit sie aber trotzdem eine Art Liebe fühlen, machen sie es oberflächlich und denken dabei, sie würden es wirklich tun." Die Beiden philosophierten noch ein wenig herum.

Beide lächelten und weinten dabei.

Da kam Tabeas Mutter herein.

„Was ist los?" Tabeas Tränen hörten auf zu rollen. „Ich bin so glücklich und traurig zugleich. Ich liebe Kenny so sehr, Mama, ja, ich liebe ihn wirklich, traurig bin ich nur, über was wohl."

Die Mutter ging zu Kenny und lächelte freundlich.

„Danke, Kenny, aber ich fürchte, du musst jetzt nach Hause gehen. Deine Mutter hat eben angerufen und nach dir gefragt, schließlich ist es schon fast sechs Uhr."

Die Zeit war so rasch vergangen.

Kenny machte sich also auf den Heimweg, würde jedoch ab jetzt jeden Tag vorbeikommen, wenn es nur irgendwie ging.

Kapitel dreizehn – Tabeas letzte Tage

Kenny saß gerade über seinem Aufsatz mitten in der Deutschstunde. Da öffnete sich die Tür und Kennys Mutter kam herein. In diesem Moment wurde Kenny leichenblass und ihm wurde schwindelig. Kennys Mutter sagte, dass es dringend sei, sodass der Deutschlehrer keine Fragen stellte.

„Eine Extrawurst für einen extra- besonderen Jungen", sagte Robert hämisch und Jutta stimmte zu.

„Halt die Fresse, du Blödmann", sagte Jeremias.

„Uhi, jetzt tickt er schon aus, wenn man seine Freunde beurteilt", sagte Robert überheblich. „Der ist halt auch eine Extrawurst, was erwartest du!" Jutta klang genauso überheblich wie Robert.

Jeremias blieb ruhig, desto bedrohlicher klangen die festen und bestimmten Worte, die er nun sprach.

„Ich habe kein Problem, meine Wurststellung für Kenny aufzugeben und dir die Fresse zu säubern, aber deine Dummheit wird auch durch die besten Schläge nicht zu zertrümmern sein und leider ist das Privileg der Extrawurst des Schutzes von Frauen Männern gegenüber in meine Gene gepflanzt. Einzig deswegen habe ich dir noch nicht gegeben, was du längst verdient hättest."

„Jeremias, höre sofort auf, deine Mitschüler zu bedrohen", wies ihn sein Deutschlehrer zurecht. Gerne hätte sich Jeremias gerechtfertigt, er sah jedoch keinen Zweck gegen eine Wand von Unverständnis zu rennen. Robert und Jutta sahen sich zufrieden an.

„Jeremias hat nur Kenny verteidigt, wenn Sie ihn belehren, so sollten Sie auch Jutta und Robert zurechtweisen." Paul gab gerade seinen Aufsatz ab, als er dies sagte.

„Das lass mal meine Sorge sein, ich finde, dass Jeremias übertrieben hat, völlig übertrieben, und der Lehrer bin immer noch ich, nicht du und nicht Jeremias. Wenn ich Roberts oder Juttas Worte gemein gefunden hätte, so hätte ich etwas gesagt und du musst zugeben, dass Kenny und Jeremias schon viele Dinge dürfen, die die Anderen nicht dürfen, da muss man sich nicht über Unmut wundern."

Pauls Gesicht verfinsterte sich, als er sich von seinem Lehrer abwandte. Er hätte gerne noch etwas gesagt, sah jedoch keinen Sinn darin. Jeremias warf ihm einen dankenden Blick zu, gab ebenfalls seinen Aufsatz ab und ging mit ihm vor die Klassenzimmertür.

Kennys Mutter fuhr mit Kenny zu Tabea. Kenny war die letzten acht Wochen täglich bei Tabea gewesen und hatte sogar oftmals bei ihr übernachtet. Tabea ging es zunehmend schlechter und vor einer Woche hatten die Ärzte beschlossen, die Therapie abzubrechen, sonst wäre Tabea vermutlich sofort gestorben.

Gerne wäre Kenny rund um die Uhr bei ihr geblieben, aber das erlaubten seine Eltern nicht. Sie trafen jedoch die Vereinbarung, dass Kenny schnellstmöglich kommt, wenn es Tabea schlechter gehen sollte oder sie darum bat Kenny zu sehen.

Tabea lag auf dem Bett und Kenny erschrak. So blass und krank hatte er sie noch nie gesehen, keinen Menschen hatte er zuvor getroffen, der derartig schlecht aussah, dass Leid stand ihr ins Gesicht geschrieben.

Die Eltern beider verließen das Zimmer. „Wenn ihr uns braucht, so sag bescheid, Kenny, wir warten vor der Tür", sagte Tabeas Vater, der normalerweise fast nie zu Hause war, sich jedoch jetzt freigenommen hatte.

„Kannst du mir heute einen wirklichen Kuss geben, bitte, Kenny. Ich meine, kannst du mich auf den Mund küssen, bitte."

Kennys Herz fühlte sich merkwürdig an. Er war völlig gesund, ja, aber was, wenn trotzdem etwas passieren würde?"

Tabea wusste sofort, was Kenny verunsicherte.

„Kenny, bitte. Sterben werde ich ohnehin jetzt bald." Als Tabea dies sagte, schossen Kenny Tränen in die Augen. Er wusste wohl schon seit dem Tabea krank war, dass sie bald sterben würde, als sie jedoch eben diese Worte sprach, war es wie ein Messer. Kenny nahm den Mundschutz ab und legte sich kurz neben Tabea. Er schloss sie vorsichtig in seine Arme. Dann berührten seine Lippen schüchtern Tabeas. Als er wieder auf der Bettkante saß, sagte Tabea: „Danke, Kenny, das war wunderschön. Ich liebe dich."

„Ich liebe dich auch, Tabea, und du sollst dich nicht bedanken, schließlich habe ich etwas getan, dass ich auch wollte und ich weiß nicht einmal, ob es richtig gewesen ist."

Tabea reichte Kenny ihre Hand, welche er sogleich ergriff.

„Es war goldrichtig, Kenny. Es würde mich sofort töten, wenn es diese Momente mit dir nicht geben würde. Alles ist plötzlich so bedrohlich anders. Sogar mein Vater ist auf einmal da. Es ist schön, ja, aber es zeigt, dass es nicht mehr lange dauern wird, bis es vorbei ist. Früher, als ich dich noch nicht kannte, da dachte ich, es wird danach irgendwie weiter gehen und so habe ich mit meiner Krankheit gelebt. Jetzt aber, auch wenn ich weiß, dass es weiter geht, will ich nicht sterben, ich meine, jetzt gibt es einen Sinn. Kenny, du bist mein Sinn." Kenny legte seinen Finger auf seine Lippen. Er merkte, dass reden für Tabea sehr anstrengend war.

„Ich liebe dich, Tabea, und bin sehr dankbar für deine Worte, aber ich merke, dass dich das Reden viel Kraft kostet. Wenn du reden willst, so ist es gut, ich kann aber auch einfach nur hier sitzen und deine Hand halten", sagte Kenny und blickte Tabea liebevoll an.

„Bitte leg dich neben mich", sagte Tabea. Kenny tat dies. Er nahm sie in seine Arme und so lagen die Beiden fast eine Stunde. Dann kam Tabeas Mutter herein. Sie lächelte schmerzerfüllt, als sie in das Gesicht ihrer Tochter sah. Tabea sah so glücklich und traurig zugleich aus.

„Du kommst doch Morgen nach der Schule wieder, oder?" Dies stand für Kenny außer Frage.

„Ich komme auch in der Nacht, wenn du willst, dass weißt du, und sag wirklich bescheid." Tabea nickte vorsichtig. Dann übergab sie sich. Kenny hatte das Gefühl, dass er Tabea überlastet hatte.

„Das Brechen hat gut getan, jetzt ist mir nicht mehr schlecht", sagte Tabea. Kenny sah, dass sie die Wahrheit sprach. An der Haustür sagte Tabeas Mutter: „Danke, Kenny, du ahnst gar nicht, wie gut du ihr tust. Seitdem du kommst, erlebe ich bei Tabea so etwas wie Freude, zuvor war sie immer nur ernsthaft. Jetzt redet sie fast ständig von dir und blüht dabei immer ein wenig auf." Kenny stellte sich aufrecht und blickte Tabeas Mutter fest in die Augen.

„Es gibt keinen Grund sich bei mir zu bedanken. Ich liebe Tabea sehr und ich glaube manchmal, dass sie mir besser tut als ich ihr, denn ohne Tabea hätte ich auch schon aufgegeben, sie ist wundervoll und alles, was ich mache, mache ich aus Liebe zu ihr und somit auch für mich. Sagen Sie ihr bitte noch einmal, dass ich sie liebe."

Schweren Herzens verließ Kenny mit seiner Mutter das Haus. Er wusste wohl, dass es Tabea nichts nutzen würde, wenn er rund um die Uhr bei ihr bleiben würde, da Tabea sich ausruhen musste und auf ihre Kräfte achten musste, aber er wünschte sich so sehr, Tabea wirklich helfen zu können. Dass erzählte er Mick, welcher ihn am Nachmittag besuchen kam.

„Es ist ganz schön egoistisch von mir, oder, ich meine, ich denke daran, dass ich bei Tabea sein möchte und auch, wenn Tabea es auch will, so finde ich es egoistisch, verstehst du, was ich meine." Mick wusste genau, was er antworten musste.

„Kenny, ich verstehe dich voll und ganz. Zunächst, du bist nicht die Spur egoistisch. Du würdest es doch nicht machen, wenn Tabea nicht möchte und nur, weil du es auch willst, so ist es nicht egoistisch, aber ich verstehe deine Angst nur zu gut, und fällt dir nicht auf, dass du jetzt genauso redest, wie ich es fühle, du sagst mir immer, dass ich als Freund von dir, der immer, wirklich immer, da sein wird, wenn du ihn brauchst, die größte Hilfe bin, die ich dir geben kann. Ich kann dir nur sagen, wenn das stimmt, so ist es bei Tabea genauso. Natürlich würdest du gerne mehr für sie tun, aber es geht nicht, leider, Kenny, wenn du könntest, so würdest du natürlich alles dafür tun, um Tabea zu heilen und auch ich hätte dich schon lange gesund gemacht."

Kenny atmete tief. Er wusste genau, wie sich sein Freund immer fühlen musste, wenn er das Gefühl hatte, Kenny keine wirkliche Hilfe zu sein.

Nun erzählte Mick, was zwischen Jeremias und Robert und Jutta vorgefallen war.

„Er hat doch recht, aber ich will nicht, dass er meinetwegen Stress bekommt." Kenny machte sich Sorgen.

„Ich hoffe nicht, dass es die Beiden übertreiben. Aber sei sicher, er wird nur ausrasten, wenn es wirklich nicht anders geht und dann wird der größere Teil hinter Jeremias stehen. Vielleicht helfen Paul und ich Jeremias dabei die Beiden zu verprügeln, dass wäre keine schlechte Tat. Wenn Nadine hilft, kriegen wir sogar Jutta dran, denn Mädchen dürfen von Mädchen geschlagen werden und Nadine ist stark!" Mick klang bei der Vorstellung selig.

„Dann muss ich aber dabei sein, ich will. Ich weiß aber nicht, ob ich helfen kann." Kenny klang ruhig, aber entschlossen.

Am nächsten Morgen klingelte das Telefon, kurz bevor Kenny sich auf den Schulweg machen wollte. Schon während des Klingelns fühlte er genau, dass ein Anruf kam, der nichts Gutes verhieß. Er fühlte sich kraftlos und kniete sich auf den Boden.

„Ich fahre ihn sofort", sagte Kennys Mutter und fünf Minuten später trat Kenny in die Diele vor Tabeas Zimmer. Tabeas Vater legte seine Hand auf Kennys Schulter. Kenny wollte nicht weinen, deswegen versuchte er verzweifelt die Tränen zurückzuhalten, welche sich in seinen Augen sammelten. Jetzt zählten Tabeas Gefühle und nicht seine, so dachte Kenny.

„Lass uns zu Tabea gehen, sie wartet auf dich, es ist gut, dass du da bist, sonst wäre der Tot für sie keine Erlösung." Der Vater klang verweint.

„Kenny", Tabea sah erleichtert in Kennys Augen, als er sich an ihr Bett setzte.

„Nicht weinen, Kenny, wir lieben uns und deswegen kann uns nichts trennen, nichts, Kenny, sicher nichts", sagte sie.

„Ich komme bestimmt bald nach, Tabea, und ich höre währenddessen keine Sekunde auf, das Gefühl, die Liebe zu dir, in mir zu tragen, ich Liebe dich so sehr." Er umarmte Tabea vorsichtig. Diese war nicht in der Lage seine Umarmung zu erwidern, aber Kenny war es nur wichtig, Tabea zu halten. Tabea war auf einmal zu schwach um zu sitzen. Sie legte sich hin und bat Kenny sie weiter in seinen Armen zu halten. Dann bat sie ihre Eltern je eine Hand von ihr zu halten und dann ging alles ganz schnell.

Kenny hielt Tabea noch eine viertel Stunde in seinen Armen, bevor er ihren starren Körper losließ. Jetzt rollten die Tränen bei allen dreien. Kenny blieb noch eine Stunde, dann holte ihn die Mutter ab.

Kapitel vierzehn – Das, was wirklich zählt

Die restliche Woche durfte Kenny zu Hause bleiben. In dieser Zeit kamen Mick, Paul, Jeremias und Nadine täglich zu ihm, um ihm zumindest durch ihre Anwesenheit und ein paar Worte etwas Kraft und Trost zu spenden.

In der nächsten Woche jedoch musste Kenny wieder zur Schule gehen.

„Es ändert doch nichts an der Tatsache", sagte seine Mutter. Kenny war schwach auf den Beinen geworden, da er, seitdem es Tabea so schlecht ging, fast nichts mehr essen konnte und seitdem sie gestorben war gar nichts mehr gegessen hatte. Dementsprechend schlecht sah er auch aus.

Am heutigen Tag stand eine Matheklausur auf dem Plan. Herr Tassebau sagte, dass Kenny nicht mitschreiben bräuchte, da er ja kaum Vorbereitung gehabt hatte und außerdem wusste er, was geschehen war und kam somit gar nicht auf den Gedanken, dass Kenny auch nur eine Sekunde daran gedacht hatte, den Kopf dafür gehabt hätte, ein Schulbuch aufzuschlagen.

„Extrawurst!" Robert klang gehässig wie immer.

„Schnauze, du Wichser!" Nadine rastete sonst nie aus, jetzt verlor sie jedoch die Kontrolle. „Bleib mal auf dem Boden, Robert hat doch Recht", Jutta hatte einen grässlichen Tonfall. „Kenny hat den ihm wichtigsten Menschen, seine Freundin, verloren und musste miterleben, wie sie litt, dass wisst ihr beide." Mick wurde wütend.

„Ist das unser Problem, kein Grund es als Ausrede zu benutzen und sich der Mathearbeit zu entziehen." Jutta klang eiskalt und Robert stimmte begeistert zu.

„Jetzt ist es euer Problem!" Jeremias konnte nun nichts mehr zurückhalten. „Nicht, Jeremias!" Kenny konnte kaum sprechen und er ahnte, dass Jeremias außer sich war. Er ging zu Robert, zog ihn am Kragen in die Luft und schleuderte ihn zu Boden. Dann zog er ihn wieder nach oben und verpasste ihm mehrere Kinnhaken. Herr Tassebau stand im Nu neben ihm und rief laut: „Stopp, Jeremias, das reicht, du bringst ihn ja um!" „Blödsinn", rief Jeremias und schleuderte Robert gegen den Schrank. Robert prallte so heftig gegen den Schrank, dass dieser mit ihm zusammen umfiel. Völlig außer Atem stand Jeremias vor Herrn Tassebau. Er fing vor Wut und Verzweiflung an zu weinen. Dann sagte er: „Los, werfen Sie mich raus, schmeißen Sie mich von der Schule, dass ist doch dass, was Sie wollten, dass ich die Kontrolle verliere und ich auch hier keine Möglichkeit mehr habe, Sie haben doch mit Sicherheit geahnt, dass es so kommt, Sie schreiten nie ein, wenn hier Ungerechtigkeiten geschehen und Robert und Jutta nehmen sich alles raus und sind jetzt bestimmt zu Frieden!" Da sah Jeremias, wie Kenny weis auf seinem Stuhl saß. Er ging sogleich zu ihm.

„Kenny, dass wollte ich nicht, bitte, wirklich nicht." Kenny weinte: „Es ist nicht wegen dir, Jeremias, nein, es ist nur", Kenny weinte stärker. „Ich habe Tabea so sehr geliebt und sie hat es nicht verdient, dass Jutta und Robert so etwas sagen."

Als es Mick, Paul, Nadine und Jeremias gelungen war Kenny ein wenig zu beruhigen, denn eines ist klar, trösten konnten sie ihn nicht, sagte er: „Danke, Jeremias. Wenn du Robert nicht, so hätte ich bestimmt und dann hätte er mich bestimmt mit Genuss todgedroschen mit der Begründung, er würde sich nur verteidigen." Kenny klang immer noch äußerst schwach und Jeremias machte sich Vorwürfe.

„Richtig, er hätte dich verprügelt und deine Freunde gleich mit, so, wie es überfällig ist, denn nur, weil du krank bist, muss dich nicht gleich jeder wie ein rohes Ei behandeln", zischte Jutta leise. Jetzt konnte sich Nadine nicht mehr zurückhalten. Sie sauste auf Jutta los, die sich heftig wehrte. Sie boxte Jutta aufs Nasenbein und boxte ihr in die Magengrube, dann packte sie Jutta und warf sie nach hinten. Jutta fiel über ein paar Stühle und prallte mit dem Kopf an ein Tischbein. Sie blutete aus der Nase, sie hatte eine große Wunde am Kopf und fürchterliche Magenschmerzen.

Während Nadines Prügelaktion, welche keine Minute gedauert hatte, hatte Herr Tassebau nur gesagt: „Nadine, hör sofort auf damit, dass bringt doch nichts." Daraufhin hatte Nadine mit den Worten: „Und ob das etwas bringt", Jutta über die Stühle geworfen. Jetzt stand Herr Tassebau ratlos im Raum und er sah angespannt aus, man konnte seine Gedanken fast in seinem Gesicht lesen und er sah nicht gerade so aus, als würden ihm Robert und Jutta leid tun, jedoch auch nicht, als wäre er stolz auf das, was geschehen war. Da öffnete sich die Klassenzimmertür und zwei Notärzte kamen herein, die Robert und Jutta mitnahmen. „Es war eine Art Unfall", sagte Herr Tassebau kurz zu den Sanitätern, die wissen wollten, was passiert war. Entsetzt blickten Jutta und Robert zu Herrn Tassebau, der dem Blick gefasst stand hielt und seine Aussage wiederholte. Dann schickte er alle Schüler nach Hause.

„Kümmert ihr euch um Kenny?" Herr Tassebau schien froh zu sein, dass sich Mick, Paul, Jeremias und Nadine um Kenny kümmerten, der immer noch sehr niedergeschlagen und verletzt wirkte.

„Tabea war so lieb, ich liebe sie, keiner darf so etwas sagen", Kennys Worte wurden auch von Herrn Tassebau gehört und sie stimmten ihn nachdenklich. „Kenny, wir konnten uns einfach nicht zurückhalten, glaube mir, die Worte von Robert und Jutta haben sogar uns weh getan." „Jetzt hört auf euch zu entschuldigen, es geht mir nicht deswegen schlechter, ich will nach Hause."

Kenny wurde von seinen Freunden nach Hause gebracht.

Dieser Tag war Kennys letzter Tag in der Schule.

Von diesem Tag an ging es ihm von Tag zu Tag schlechter und seine Freunde, die jeden Tag kamen, nur um bei ihm zu sein, machten sich große Sorgen. Ein einziges Mal wirkte Kenny für einen kurzen Moment glücklich, als ihm seine Freunde erzählten, dass Herr Tassebau dafür gesorgt hatte, dass Jutta und Robert auf eine andere Schule geschickt wurden. Über die Prügelattacke von Nadine und Jeremias wurde nicht einmal mehr gesprochen.

„Danke, ihr zwei. Auch wenn Tabea gegen Gewalt war, so ist sie euch ganz bestimmt dankbar", sagte Kenny, als seine Freunde und seine Eltern an jenem Samstag Morgen um sein Bett standen. Kenny lag weiß auf seinem Bett. Er war ziemlich dünn geworden und hatte die letzten Wochen nichts gegessen und seitdem Tabea gestorben war ging es mit ihm beständig abwärts.

„Caesi, komm her, ich brauche dich jetzt", sagte Kenny schwach.

Kenny hatte Caesar in den letzten Wochen beigebracht, immer auf seine Decke zu flattern, wenn er ein bestimmtes Zeichen machte. Caesar kam sofort. Er gab ein paar vorsichtige Laute von sich, verstummte dann jedoch. Jetzt, wo sein geliebter Vogel ganz nah bei ihm war, waren alle, die Kenny bei sich haben wollte, nah und er schlief ein und wachte nicht wieder auf.

Kapitel fünfzehn – Die Rückkehr

„Was ist passiert?" Kenny war vollkommen verwirrt. Die Umgebung, in welcher er sich befand, war ihm so fremd und gleichzeitig so vertraut.

„Nur ruhig, Kenny, du wirst gleich wissen, wo du bist und dann erkläre ich dir alles, du bist noch in der Wandlungsphase", sagte eine warme Stimme, die er in diesem Moment nicht kannte, die ihm jedoch so vertraut war, dass er, trotz aller Panik, die vor lauter Unsicherheit in ihm aufkam, ruhig blieb. „Du bist wieder in der Ewigkeit, du hast deine Wunschlernphase beendet, ruh dich erst einmal aus, die Rückkehr ist stets verwirrend." Die Stimme drang in Kenny ein und langsam begann er zu erkennen, zu wem die Stimme gehörte. Er erblickte einen Vogel, der aus unendlich vielen, buntleuchtenden, ganz winzig kleinen Federn bestand.

Ganz langsam kam die Erinnerung in Kenny auf.

„Ich hatte dich nicht so farbig in Erinnerung", sagte Kenny.

„Du kannst jetzt sehen, was dir zuvor verborgen geblieben ist. Jede meiner Leuchtfedern, aus denen ich bestehe, steht für eine Seele, die auf die Erde will, um etwas zu lernen, besser gesagt, jede einzelne meiner Federn ist ein Lebewesen auf der Erde.

Sobald eine Seele auf die Erde kommt, weil sie mich, wie du damals, darum bittet, kommt eine Feder hinzu, du warst bis eben auch in meinem Gefieder und jetzt, da du deine Ziele auf der Erde erreicht hast, ist es wieder eine weniger, was aber nicht schlimm ist, da stetig Seelen auf die Welt wollen, um mehr zu lernen, wovon sie dann in der Ewigkeit profitieren können."

„Aber warum bin ich dann schon hier, ich hätte sicherlich noch viel mehr lernen können", sagte Kenny zum Vogel.

„Das hat mit den Zielen der Anderen zu tun. Sie haben auch Dinge genannt, die sie gerne lernen möchten, bevor sie auf die Erde kamen. Es hängt alles miteinander zusammen und wenn du geblieben wärest, so wäre alles durcheinander gekommen, denn es ist alles wie eine lange Kette, die sich am Ende oder am Anfang zu einem Kreis schließt. Mick wollte zum Beispiel unter Anderem wissen, wie wertvoll ein Freund ist und ein guter Freund sein. Dafür hätte er dich nicht verlieren müssen, jemand anders, vermutlich eine Menge Menschen, jedoch werden durch Micks jetziges Verhalten eines ihrer Ziele erreichen oder daran geführt werden und so weiter, wie gesagt. Es ist wie eine Kette, bis sich der Kreis schließt." Kenny war ganz schwindelig.

„Ist Tabea auch hier und was ist mit dem Spatzen, den ich kennenlernen durfte, ist er auch hier?" „Tabea ist hier, der Spatz, den du meinst, ist hier, es sind alle Lebewesen hier, die einmal auf der Erde waren." Der liebe Vogel klang nun vollkommen eindringend und jedes Wort, dass er sprach, klang so, dass es sich als Tatsache in Kenny einbrannte.

„Aber warum kann ich sie nicht alle sehen, wenn das stimmt, und eigentlich, so glaube ich, müssten sich hier doch überall Menschen und Tiere befinden!" Der Vogel lachte freundlich: „Das sind nun zweierlei Dinge, zunächst, schau dich doch mal selber an." Erst jetzt bemerkte Kenny, dass er nicht mehr so aussah, wie auf der Erde. Er hatte einen Federkörper, merkwürdigerweise konnte sich Kenny jedoch genau als er selber erkennen.

„Nach und nach wirst du alle sehen, die du kanntest, allerdings erst einmal nur die, die du kanntest, sonst würdest du den Überblick verlieren. Du kannst alle sehen, die du kanntest und kannst auch Freunde von deinen Freunden und allen, die etwas mit dir zu tun hatten, kennenlernen. Dafür musst du jedoch erst wieder hier ankommen." Langsam begann Kenny zu lächeln und sein Federkörper war voller Freude.

„Ich möchte dringend mit Tabea sprechen", sagte Kenny.

„Damit nicht alle, die du kanntest, auf einmal auf dich zustürmen, wirst du nach und nach für alle erkennbar und die Anderen für dich, ich kann gerne dafür sorgen, dass Tabea zuerst zu dir kommt und dich sieht, sie hatte kürzlich bei mir auch den Wunsch geäußert dich hier zu empfangen und einzuführen, du musst wissen, du kannst jederzeit zu mir kommen, wenn du einen Wunsch, ein Problem oder eine Frage hast." Wieder war Kennys Körper von Freude und Liebe durchflutet.

„Ich habe tausende Fragen, was jetzt passiert und noch mehr, ich weiß jedoch nicht, wie ich sie stellen soll", sagte Kenny.

„Es wird dir nach und nach alles klar und viele Fragen werden sich erledigen, aber noch eine wichtige Sache, sobald du mit den Verstorbenen, also mit den Seelen, die wieder hier sind, in Kontakt trittst, kannst du nicht mehr auf die Erde blicken um zu schauen, wie es gerade so in deiner irdischen Exheimat aussieht und was deine Freunde machen. Diese Möglichkeit hat jede Seele für vier Erdentage."

„Kann ich überall hingehen?" Kenny blickte auf die Erde hinunter und fügte dann hinzu: „Warum für vier Tage und kann ich nur zu den Menschen, die mich geliebt haben, die ich geliebt habe?"

Der Vogel strahlte nun eine Wärme aus und Kenny hörte folgende Worte, die so schlüssig waren, dass er sich dachte, dass er sich seine Fragerei fast hätte sparen können und er war froh, dass es diese Einschränkung, die sich auf die Menschen bezog, die man auf der Erde geliebt hatte, gab.

„Es muss so sein, da dies das ist, was tatsächlich zählt. Du kannst auch nur den Menschen wirklich nahe sein, die du wirklich geliebt hast, die du wohl immer lieben wirst, die du irgendwie im Herzen trägst. Alle anderen Seelen brauchen dich nicht zu kümmern, sie schmerzen nur, du brauchst jedoch nicht Sorge zu haben, dass viele, die du nicht kanntest, nicht sichtbar sind, denn in seinem Herzen, wir sagen im Seelenkern, lieben einem mehr Seelen, als man denkt. Sobald du jedoch zurückkehrst, bleibt den Seelen der Kontakt, der direkte Kontakt zu den noch lebenden, versagt, dass ist besser, es würde nur Unruhe geben und die Seelen würden nie hier ankommen, deswegen auch die Begrenzung von vier Tagen. Aber über den Seelenkern stehst du natürlich weiterhin im Kontakt mit den irdischen Seelen, die in dir wohnen, aber das ist eine neue Art der Kommunikation, für die es keine Worte gibt. Möchtest du noch einen Blick auf deine Freunde und Familie werfen, Kenny?"

Kenny fühlte das tiefe Bedürfnis, zu seinem Eltern, zu Mick und zu Caesar zu fliegen. „Ich hoffe nur, dass ich nichts erleben werde, dass mich traurig macht, ich will meinen Freunden nicht böse sein", sagte Kenny. Der Vogel beruhigte ihn. „Du kannst nicht sauer sein, es gibt auch keinen Grund dafür, denn bedenke, alles, was dort geschieht, hat, wie vorhin erklärt, seinen festen Grund und jedes Wort, jedes Geschehen ist wichtig, damit die lange Kette nicht durcheinander gerät."

Kenny entschloss sich gerade die Möglichkeit zu nutzen, da befand er sich schon vor dem Haus, in welchem er auf der Erde gewohnt hatte, „Bis gleich", hörte er den Vogel noch sagen.

Kapitel sechzehn – Veränderungen, Kenny lebt

Kenny fühlte sich plötzlich vor seine Schule gezogen. Dort traf er auf Mick, Jeremias, Nadine und Paul. Sie standen eng beieinander und waren tief betrübt. Kenny sollte dies nicht nur am Geschehen feststellen, welches er gleich mitbekommen sollte, es war viel mehr, es war die Atmosphäre, die aus den Seelenkernen seiner Freunde ausgestrahlt wurde, eine unbeschreibliche Liebe und Trauer, die ehrlich war. Es war der Tag nach der Beerdigung und Paul, Mick, Jeremias und Nadine hatten für den heutigen und auch für den nächsten Tag von Herrn Tassebau frei bekommen. Darüber waren sie froh und es zeigte ihnen eindeutig, dass er ebenfalls betrübt war und der Mensch war, für den er sich immer wieder versuchte zu geben. Keiner der vier hielt es jedoch alleine zu Hause aus und so war es kein Zufall, dass sich alle hier trafen. Sofort standen die vier zusammen und blickten einander an. Jeremias machte den geknicktesten Eindruck, wobei alle in gleichen Maßen traurig waren.

Sie beschlossen zusammen zum Spielplatz zu gehen, auf welchem sie sich damals kennengelernt hatten.

„Es ist so merkwürdig, ich habe wirklich Angst übermorgen in die Schule zu gehen und dort nur ein leeres Sofa vorzufinden, aber keinen Kenny", sagte Paul.

„Ich glaube, ich werde auch lange brauchen, bis ich verstanden habe, was eigentlich passiert ist, falls ich es überhaupt begreifen werde." Mick klang kraftlos. Er hatte die ganze Nacht geweint, aber das sagte er nicht. Er wusste überhaupt nicht, was er sagen sollte.

Er hatte in der letzten Nacht begonnen zu verstehen, wie sich Kenny gefühlt haben musste. Gewiss, vom Kopf her hatte er dies schon damals getan, aber ihm war nie so stark bewusst wie jetzt, dass Kenny sich sehr verzweifelt gefühlt haben musste, als er stets auf Fragen eine Antwort versucht hatte zu finden, auf welche es keine „wirkliche" Antwort gab. Damit er nicht wieder anfangen musste zu weinen, beruhigte er sich mit dem Gedanken, dass Kenny jetzt bei Tabea ist und … ob er schon seinen Schutzengelposten eingenommen hatte?

„Warum gerade Kenny?" Jeremias zwang sich diese Worte zu sagen. Ihm kugelten Tränen aus den Augen. Sie rollten und rollten. Paul und Mick versuchten ihn zu trösten und mit ihm zu reden, aber Jeremias konnte nicht sprechen. Es dauerte eine Weile, bis er sagte: „Lasst uns zu Kennys Grab gehen, dort sind wir ihm vielleicht näher, dann hört er wenigstens, was wir reden."

Jeremias blickte zu Boden, deswegen konnten Paul und Mick kurz einen Blick und ein trauriges Kopfschütteln austauschen. Sie wussten sehr wohl, dass diese Worte ein Scheinargument waren, sie wussten jedoch genau, wie es in Jeremias aussah, schließlich ging es ihnen genauso und sie hatten ebenfalls das Bedürfnis Kenny so nahe wie möglich zu sein. Deswegen gingen sie zum Grab von Kenny.

Nadine fühlte sich schwach, trotzdem hatte sie das Bedürfnis sich bei Jeremias einzuhängen, da sie spürte, dass er es brauchte. Kurz vor ihrem Ziel brach Jeremias weinend zusammen. Sofort wollten seine Freunde wissen, was genau los sei.

„Geht alleine, es geht jetzt nicht um mich, es geht um Kenny", sagte Jeremias, aber seine Freunde blieben.

„Komm, Jeremias, sprich, wir werden auch etwas sagen, wie es in uns aussieht", sagte Paul.

Jeremias musste sich noch überwinden, dann sprach er jedoch, was ihm so großen Kummer machte.

„Ich habe immer die Angst, dass ich mit Schuld an Kennys frühem Tod bin. Wenn ich nicht so oft meinen Wutausbruch bekommen hätte, so würde er vielleicht noch leben, nicht für immer, aber für einige Wochen." Er begann wieder zu weinen.

„Jeremias, das ist nicht so", sagte Paul.

„Kenny hatte dich sehr gern. Du hast ihm oft geholfen und warst ein ihm wichtiger Freund, auch wegen den Vorfällen, als es ihm hinterher schlechter ging brauchst du dir keinen Kopf zu machen. Das hat er dir damals selber gesagt und das ist auch so. Wir alle hätten alles getan, damit er nicht stirbt, aber keiner hätte Kenny retten können und ohne dich und ohne uns wäre er tot unglücklich gewesen, dass weiß ich, glaube ich." Mick wusste vom Kopf her, dass er Recht hatte, trotzdem war er immer noch verzweifelt, dass er Kenny nicht so helfen konnte, wie er es wollte, nämlich ihn zu heilen. Deswegen wurde er kurz wütend auf sich selber, da er sich selber gelobt hatte, indem er sagte, dass Kenny ohne sie unglücklich gewesen wäre, war es wirklich so, oder wäre nur er ohne Kenny traurig und hilflos gewesen?

„Ich wünsche mir, ich würde alles dafür geben, damit ich weiß, dass es ihm gut geht und dass er weiß, wie gern ich ihn hatte, es wird für mich nie mehr einen so tollen Freund wie Kenny geben", sagte Mick und blieb stehen. Dann schaute er zuerst zum fast wolkenfreien Himmel und stammelte: „Mir fehlen die Worte für dass, was ich sagen möchte und ich rede die ganze Zeit nur davon, was ich mir wünsche. Kenny hätte sich jetzt gefragt, wenn er meine Worte gesprochen hätte, ob er das alles möchte, um zu wissen, dass es dem Anderem gut geht, oder ob es einem bei einem solchen Wunsch um einen selber geht, damit man mit einem ruhigem Gewissen leben kann." Jeremias nickte.

„Danke, Mick, du hast die Worte gesprochen, genau das gesagt, was ich fühle und nicht sagen kann. Kenny hätte bestimmt selber geantwortet, dass beides ist, dass Eine das Andere nicht ausschließt, die Gefahr jedoch eindeutig auf der Seite der Selbstberuhigung liegt."

„Er hätte jedoch niemals gewollt, dass wir uns den Kopf zerbrechen, ihr kanntet ihn doch, er hätte jetzt gesagt, dass es ihm viel größeren Kummer bereitet, wenn wir um ihn herumstehen und uns Vorwürfe machen." Nadine fühlte wohl wie die anderen Drei, sie fühlte sich jedoch zu schwach, in das Gefühlskarussell einzusteigen.

„Hätte, hätte, was, wie, wo, wann. Jetzt ist es von äußerst großer Wichtigkeit, dass wir an Kennys Grab gehen. Einfach nur bei ihm sein, wie er es wollte." Paul stimmte zu und erinnerte sich lächelnd: „Wisst ihr noch, damals in der Schule, als wir mit der Maus, dem Elefanten und mit dem, was war das noch für ein Tier, gespielt hatten? Er hatte die tollsten Ideen und wir sollten ihn genauso abspeichern, mehr geht leider nicht."

In diesem Moment fing Jeremias an zu zittern. Mick und Paul wirkten plötzlich verunsichert und warteten angespannt, wie gelähmt, was jetzt passieren würde.

„Seid mir nicht böse, aber ich halte das hier nicht aus, diese Gefühle, ich kann meine weder zum Ausdruck bringen, wie ich es gerne würde, noch kann ich sie benennen, es ist unerträglich. Seit mir bitte nicht böse, aber ich gehe später lieber alleine zu Kenny." Er sah kurz zu seinen Freunden, die nicht sprachen, in deren Gesichtern jedoch deutlich zu erkennen war, dass sie verstanden, was Jeremias meinte, welcher wegschlurfte.

„Wir haben völlig vergessen, dass er an dieser Emotionsstörung leidet. Ich weiß nicht, wie es in ihm aussieht, aber wir dürfen Jeremias das nicht übel nehmen", sagte Nadine.

„Nein, auf keinen Fall", „Nein, Blödsinn", sagten Mick und Paul.

„Ich möchte gerne zu Jeremias gehen und möchte ihn nicht alleine lassen, okay?" Mick und Paul nickten und Nadine dankte ihren Freunden und lief Jeremias nach. An der Ecke der Sackgasse, in welcher Jeremias wohnte, holte sie ihn ein.

„Jeremias, tut mir leid, dass ich dir nachgelaufen bin. Können wir kurz reden, bitte?" Jeremias zuckte kaum sichtbar mit den Schultern und steuerte eine Bank an, die sich vor einer Haustür befand und von Büschen und einem kleinem Beet fast völlig umgeben war.

„Ich glaube, ich weiß, wie du dich fühlst, Jeremias, wirklich. Ich will damit nicht in deine Gefühle eindringen, ich will damit nur sagen, dass es nicht schlimm ist, wenn du nicht reden magst, da es ohnehin keine passenden Worte gibt, so ist es jedenfalls bei mir."

„Ja, Worte gibt es sicher nicht dafür, trotzdem wird es anders sein, ich meine, was ich fühle und was du fühlst. Aber es ist doch vollkommen egal. Kenny ist tot und selbst, wenn ich die Worte finden würde, so ändert es nichts daran, dass man daran denkt, was man hätte anders machen können und ob man nicht eine Möglichkeit verpasst hat, Kenny zu helfen, wirklich zu helfen.

Ich fühle mich schuldig, Nadine. Ich habe mich dank Kenny sehr verändert, bin ein neuer Mensch geworden. Kenny hat mir so sehr geholfen und das konnte ich ihm nicht wirklich danken. Ich habe mich noch nie so schwach gefühlt, noch nie.

Bei einem Streit kann man einfach draufhauen, wenn es einen innerlich zerreist. Vor manchen Problemen kann man davonlaufen, sie abschütteln oder sich einreden, dass es egal ist. Hierbei, dass ist das Problem, handelt es sich jedoch um ein Problem, dass ich selber bin."

Nadine war von Jeremias' Worten beeindruckt, nein berührt. Sie wollte unbedingt, dass er weiter sprach.

„Wie meinst du das genau?" Jeremias tat nun etwas, was er noch nie getan hatte, er blickte einem Menschen tief in die Augen und sprach über das, was er fühlte, so dass Nadine noch viel mehr aus seinen Augen lesen konnte, als ohnehin schon in seinen Worten steckte.

„Das Problem bin ich, ich, Jeremias Henry. Jeder Mensch ist für sich ein Problem für Andere mit dem, was er sagt und macht.

Ich habe die letzten Wochen nur nachgedacht. Schau. Du weißt, wie ich bin und was ich in meiner Vergangenheit gemacht habe, wenn ich mich verletzt gefühlt habe.

Dies ist der eine Fall. Mein Umfeld wusste immer, dass ich innerlich zerreiße, wenn man mich emotional verletzt. Dennoch war es für viele ein Spaß, mich zu quälen und mich zu mobben. Aber dies ist ein klarer Fall. Zweiteres ist viel schwieriger, dass, was man niemals tun will und es dennoch tut. Als ich noch nichts von Kennys Erkrankung wusste, stand ich mit geballten Fäusten vor ihm. Später, du kennst die Geschichte ja, hat er mir erzählt, was mit ihm los ist. Seitdem hatte ich stets Angst einen Fehler zu machen, der Kenny schaden könnte. Ich war stets auf der Hut, unbedacht oder aus Gewohnheit draufzuhauen. Auch wenn Kenny gar nicht da war hatte ich Angst vor mir selber, dass ich die Beherrschung über mich verliere und Kenny um die Ecke kommt, deswegen habe ich mir abgewöhnt draufzuhauen, auch wenn es die Personen noch so sehr verdient haben, dass ist egoistisch und feige, oder?" Jeremias sah Nadine fest an.

„Nein, das ist nicht feige, ich finde es klug und du hast es gut gemacht. Kenny wusste das und hat dir vertraut, rede dir nichts anderes ein, dass wäre nämlich genauso egoistisch, wie wenn du sagen würdest, alles ist richtig gelaufen.

Keiner kann wissen, wie es gekommen wäre, wenn das Eine und Andere anders gelaufen wäre, keiner weiß, ob es dann nicht genauso gekommen wäre. Fest steht nur, dass du dir keinen Kopf machen musst, nicht zu sehr, du musst bedenken, auch jetzt gibt es Menschen, die dich brauchen und gerne haben.

Jetzt würdest du einen Fehler, einen wirklichen Fehler, machen, wenn du die Gegenwart und die Freunde, die jetzt hier sind, ausblendest und vielleicht etwas übersiehst. Dann würdest du einen Fehler machen."

Jeremias verstand.

Nadine war nun aufgestanden und stand neben der Bank. Jeremias stand ebenfalls auf und berührte Nadine an den Unterarmen.

„Du hast Recht, es fällt nur so schwer keine Antwort zu finden, doch es wäre unerträglich, wenn ich jetzt einen Fehler machen würde, der sich vermeiden ließe. Wollen wir schauen, ob Mick und Paul bei Kenny sind?"

Nadine und Jeremias umarmten sich kurz fest, nahmen sich bei der Hand und schlenderten zum Grab von Kenny, wo Mick und Paul saßen und sich unterhielten.

Kapitel siebzehn – Die neue „Welt"

Kenny fühlte sich merkwürdig. Es waren drei Dinge, die ihn beschäftigten, als er die Gespräche seiner Freunde belauschte.

Das größte Gefühl war die Liebe, die innere Verbundenheit, welche von den Seelenkernen aller ausgestrahlt wurde.

Zum Zweiten war es ein Schmerz. Der Schmerz und der tiefe Wunsch, seinen Freunden mit irdischen Worten zu sagen, dass er alle unbeschreiblich gern hatte und nicht die Spur daran glaubt, dass einer von ihnen Schuldig ist, dass es ihm schlecht ging und er sterben musste. Gerne hätte er ihnen gesagt, dass er ohne seine Freunde kein schönes Leben gehabt hätte und auf sie wartet und ihnen unbeschreiblich dankbar ist, dass er sie kennen und lieben darf.

Das dritte Gefühl war das, was Kenny dazu brachte, zum Vogel zurückzugehen, um jetzt schon in die Ewigkeit und in die Kommunikation mit den verstorbenen Seelen einzutreten.

Kenny fühlte sich schäbig, da er sehr wohl seine Freunde beobachten und belauschen konnte, sie ihn jedoch nicht.

„Es ist nicht fair. Ich vertraue ihnen und weiß wohl, dass sie mich lieben und mir vertrauen, deswegen möchte ich sie nicht beobachten. Sie würden sich sicherlich freuen, wenn sie wüssten, dass ich da bin, aber ich will nicht spionieren, ich vertraue ihnen und brauche die übrigen drei Tage nicht", sagte Kenny zum Vogel.

„Du hast viel gelernt und kannst nun in das Seelenreich eintreten. Es ist schön, dass du so viel Liebe und Vertrauen in dir trägst, es wird dir helfen, sehr lange im Seelenreich zu leben." Der Vogel sah zu Kenny, welcher ihn erstaunt und verunsichert fragte: „Wieso lange, ich dachte für immer." Der Vogel berührte Kenny vorsichtig und sprach dann:

„So lange, bis dir langweilig wird und du nochmals auf die Welt kommen möchtest, entweder, um neue Seelen kennenzulernen, denen du dann später hier begegnen kannst, denn ich sagte ja, man trifft und sieht nur die Seelen, die im Seelenkern sind, oder eben, um neue Gefühle und Wertschätzungen zu erlangen, die du benötigst, um schätzen zu können, wie schön und wertvoll gewisse Dinge sind. Je mehr du an Wertschätzungsvermögen hast, desto länger wirst du im Seelenreich zu Frieden sein.“

„Logisch, aber ich glaube, ich will nie zurück auf die Erde, sonst lerne ich zwar neue Seelen kennen, aber am Ende erkenne ich meine jetzigen Freunde nicht mehr“, sagte Kenny fragend.

Der Vogel beruhigte Kenny: „Da mach dir mal keine Sorgen. Deine Leben und Begegnungen auf der Erde bleiben gespeichert. Allerdings ist es von äußerst großer Bedeutung, nicht ständig auf die Welt zu wollen, um Freunde im Überfluss zu gewinnen, denn sonst verlierst du auch wieder Eigenschaften, die du dir in deinem Leben erarbeitet hast.“ Kenny verstand. „Klar, die Wertschätzung für einen Freund würde sicherlich verloren gehen, wenn man immer mehr Freunde bekommen will.“ Kenny begriff nun nach und nach, wie wertvoll all das war, was er an Gefühlen und Ewigkeitsweisheit gewonnen hatte. Kenny war selig und der Schmerz, die Sehnsucht nach seinen Freunden und Familie wurde von der Freude und dem Wissen, alle in Bälde nach und nach wiedersehen zu können überdeckt.

„Du bist nun bereit“, sagte der Vogel. „Bei Fragen sind die anderen Seelen oder ich stets zur Stelle, falls diese dir nicht helfen können“, sagte der Vogel. Im gleichem Moment schwebte eine gold, königsblau schimmernde Feder zu Kenny. Kenny wurde von heftiger Liebe durchfahren. „Tabea!“ Es durchfuhr Kenny und die Beiden durchfederten sich gegenseitig. Kenny war von

Freude und Liebe durchströmt. „Ich bin so glücklich und es ist so schön, dich endlich wiederzusehen." Diese Worte sprach Kenny nicht, trotzdem antwortete Tabea: „Ich bin auch selig, ich liebe dich sehr", bekam Kenny zur Antwort. „Warum verstehst du mich, ich habe doch gar nichts gesagt und weiß auch nicht, wie ich es tun sollte", sagte Kenny nach ein paar Momenten des Genießens.

„Du verstehst mich doch auch. Hier im Seelenreich werden die Worte über die Antenne des Seelenkernes übertragen. Diese ist sogar in der Lage Worte für das zu finden, was du nicht ausdrücken kannst und sendet sie an den Empfänger deiner Worte. Sie formt es genauso, wie du es sagen willst und baut es gleichzeitig so um, dass der Empfänger genau das fühlt, was du sagen möchtest, so wird wirklicher Streit vermieden." Kenny blickte sie groß und fragend an, da er nicht völlig verstand und es kam auch die Antwort auf die beiden Fragen, die Kenny stellen wollte. „Wenn du auf der Erde Worte verwendet hast, so steckte neben einer generellen Information stets ein Gefühl in deiner Botschaft, dass ist immer so. Dieses Gefühl, und wenn es Interesse ist, kommt jedoch nicht beim Gegenüber immer an, da es für Emotionen keine Worte gibt, die in deinem Gegenüber genau das ausgedrückt haben, wie es wirklich ist. Wenn die Seelenantennen kommunizieren, vereinen sie sich für diesen Moment, dass sie in gewisser Weise zu einem werden und wenn man eins ist, fühlt man gleich. Gleichzeitig bleibt man natürlich der, der man ist, du bleibst du und kannst deine Meinung mitteilen, irdisch ausgedrückt, die Gehirne bleiben getrennt und die Herzen vereinigen sich." Kenny strahlte. „Deswegen kann man nur mit den Seelen kommunizieren, die man geliebt hat, mit anderen will man ja gar nicht alles teilen, jedenfalls nicht unbedingt Gefühle", sagte Kenny und fügte dann hinzu: Aber wird es ohne

Streit, also ohne Missverständnisse nicht langweilig?" Tabea übermittelte Kenny die Gefühlsbotschaft, wie niedlich sie Kennys Frage fand.

„Nein, Kenny, ich sagte ja, die eigene Meinung, dass individuelle Denken bleibt und so gibt es immer Diskussionen, dass wirst du sehen, aber es gibt keinen Hass, da es keine Missverständnisse durch Gefühlsverletzungen gibt, da die Seelenantenne ja alles individuell übersendet."

Kenny wollte fragen, wie es nun weiter geht, was man im Seelenreich machen kann und er war neugierig auf die anderen Seelen, die für ihn sichtbar sein würden.

„Tabea wird dir nun nach und nach alles zeigen und die Seelen werden von Tag zu Tag deutlicher für dich, aber immer langsam, die Zeit ist hier unbegrenzt und nun genieße erst einmal die Zeit mit Tabea, denn auch wenn hier die Zeit ewig ist, so ist auch hier jeder Moment einzig", sagte ihm die Stimme des Vogels. Kenny fiel mit Schrecken auf, dass er gerade um ein Haar vergessen hatte, was er auf der Erde gelernt hatte, nämlich jeden Moment zu genießen und dafür schämte er sich ein wenig. Der Schrecken über sein Überstürzen wollen und seine Ungeduld legte sich jedoch schnell.

Kenny wurde von Tabea in den nächsten Tagen zu vielen Orten geführt und er lernte nach und nach die Möglichkeiten der Ewigkeit kennen und begriff nach und nach mit einer tiefen Dankbarkeit, wie nützlich sein irdisches Schicksal gewesen ist und was er nun für enorm positive Vorteile aus ihm gewinnen konnte.

„Tabea, gibt es hier die Möglichkeit irgend etwas für eine Person zu tun, die noch auf der Erde ist?" Tabea sah ihn verständnisvoll an.

„Das ist nicht nötig und nicht möglich, ersteres ist zu deiner Beruhigung wichtig, aber du weißt es ja. Zum einen ist es so, dass das Geschehen, das Empfinden und somit der Lernprozess eines jeden Wesens, bis ins kleinste Detail vorgeplant ist und somit jede kleinste Irritation alles kaputt machen würde und zum Anderen hast du keine Möglichkeit mehr auf die Erde zu gelangen und zu beobachten. Selbst wenn du es hättest, so würdest du niemals herausfinden können, wie es im Inneren der betreffenden Personen aussieht, Seelenaustausch ist erst hier möglich und du würdest eine Entscheidung treffen, die deinen individuellen Erfahrungen angemessen ist, vielleicht, sicherlich jedoch falsch wäre, weil du die Situation eben nicht richtig einschätzen kannst, weil die Gefühlsübermittlung fehlt."

Kenny verstand voll und ganz. Dennoch gefiel ihm das Gefühl der Machtlosigkeit nicht, nicht aktiv helfen zu können. Tabea wusste genau, wie es in Kenny aussah.

„Es ist doch ein großer Vorteil. Stell dir vor, du mischst dich ein und es passiert etwas, dass der Person schadet, sie unglücklich macht, der du helfen wolltest. Selbst, wenn du es gut gemeint hast, so hättest du dich für die Ewigkeit schuldig gemacht und bis in alle Ewigkeit mit einem schlechten Gewissen zu leben ist eine grausame Sache, da es, wie gesagt, für die Ewigkeit währe."

Kenny verstand und sah dies ein.

„Man lernt sogar hier noch etwas", sagte Kenny, um etwas zu sagen.

„Wie ist das mit der Kommunikation zwischen den Seelen, die man nicht kennt und somit nicht sieht?" Auch jetzt erklärte Tabea einleuchtend.

„Das ist kein Problem, ich mache es dir an einem Beispiel klar, dann wirst du auch verstehen, warum es hier nie langweilig ist und wie genial es ist, dass jedes Lebewesen anders fühlt.

Wenn du in einigen Jahren Mick hier triffst, so hat er bestimmt viele Seelen kennengelernt, die du nicht kennst und diese kennen wiederum Seelen, die Mick und du nicht kennt und so weiter.

Es muss nun für eine Vermittlung eines Gefühles, einer Erinnerung, zunächst der Freund von Mick seine Gefühlsbotschaft an diesen weitergeben, welcher diese dann erst an dich weitervermitteln kann. Mick kann sie dann direkt an dich geben und du an eine andere Seele, welche mit dir direkt verbunden ist."

Kenny war beeindruckt von diesem System.

„Und da die Gefühlsbotschaft nicht verfälscht werden kann, bekommt man ganz genau und unverfälscht vermittelt, was die Seele fühlt, genial. So versteht man dann ja auch, warum manche Lebewesen auf der Erde so gehandelt haben, wie sie gehandelt haben, auch wenn man da nicht verstehen konnte warum."

Tabea vermittelte Kenny ein kurzes Liebesgefühl. „Dass hab ich schon immer an dir geliebt, du bist gefühlsmäßig so weise, dafür brauchen die meistem Seelen hier hundert Jahre.

Eine einzige Frage blieb jedoch noch, die Kenny stellen wollte. „Wie kann es möglich werden, mit solchen Seelen in direkten Kontakt zu geraten, mit denen man über viele Ecken kommunizieren muss, könnte ziemlich mühsam und nervig werden, auch wenn die Ewigkeit lang ist?" Tabea lachte: „Das hast du schön gesagt. Sobald du mit einer dritten Seele einen engen, einen wirklich engen Kontakt aufgebaut hast, bildet sich irgendwann zunächst eine neue Frequenz in beiden Antennen. So ist zunächst eine direkte Kommunikation möglich. Hält diese Frequenz lange genug an, so wird die Seele sichtbar, wobei das nicht ganz so wichtig ist. Das Sehen der Seelen hat keinen wirklichen Sinn, auch wenn es etwas in einem auslöst, vor allen die Farbe der Seele, denn Farben können auch Gefühle auslösen."

Kenny war vor lauter Begeisterung erschöpft. Deswegen ließ sich Kenny zum Ort der völligen Entspannung bringen. Hier war es möglich die Antenne für ein paar Stunden abzuschalten, so dass man völlig für sich sein konnte und somit für niemandem und für keine Gefühle, also Reize, erreichbar war. Eine solche Ruhepause musste jeden Tag für fünf Stunden eingelegt werden und dies taten auch alle Seelen, wobei auch längere Entspannungspausen möglich waren.

Kapitel achtzehn – Eine tiefe Verbundenheit

Mick machte sich auf den Weg zu Kennys Eltern.

Er klingelte an der Haustür. Er war sich nicht sicher, wie er sich verhalten sollte, was er genau sagen sollte, als ihm jedoch die Tür geöffnet wurde, kamen die Worte von ganz alleine.

„Hallo. Ich wollte fragen, ob es okay wäre, ob ich kurz auf Kennys Zimmer gehen darf?" Mick kämpfte mit den Tränen. Er hatte Angst, dass ihm die Frage gestellt werden würde, was er dort wolle. Das wäre wohl berechtigt gewesen, er hätte jedoch nicht gewusst, was er hätte sagen sollen. Es war ein Bedürfnis tief im Innersten von ihm, was ihm sagte, dass er in Kennys Zimmer gehen soll.

Kennys Vater fragte nicht nach. Er sagte nur mit geschwächter und kummervoller Stimme: „Natürlich, ja, du kennst ja den Weg."

Mick brachte nur ein ebenfalls leises und bekümmertes „Danke" heraus und ging ein paar Treppenstufen nach oben auf Kennys Zimmer.

Dort angekommen begrüßte ihn Caesar mit einem äußerst leisen und zutiefst mit Trauer erfüllten „Weffit."

Mick setzte sich auf den Schreibtischstuhl und blickte auf Caesar. Ihm kullerten die Tränen aus dem Auge. „Ach, Caesar. Ich bin so froh, dass ich kurz bei dir sein darf. Kenny hat so oft von dir gesprochen. Du warst sein allerliebster Freund, dass weißt du bestimmt, aber ich musste es dir einfach noch mal sagen. Er hat immer erzählt, wie er mit dir geredet hat und wie sicher er sich ist, dass du ihn verstehst …"

Mick kam sich merkwürdig vor. Als sein Blick auf Kennys Bett fiel, das immer noch etwas zerwühlt und ungemacht war, sah er

Kennys Teddy und seinen Affen. Jetzt fing er richtig an zu weinen. „Warum haben sie die Beiden nicht mit in Kennys Grab gelegt, er hat sie doch so gemocht? Jetzt …" Mick stellte auf einmal fest, welche Angst in ihm hochkam. Was, wenn Kenny gar nicht tot ist? Was, wenn er in seinem Grab liegt und Angst hatte? Gewiss, sein Körper war tot, aber was war mit Kenny? Was, wenn er gefangen war? Was, wenn er jetzt nicht zu seinen Schutzengeln und Gott gehen konnte, weil er …?

Mick bemerkte erst jetzt, was für Fragen sich Kenny so oft gestellt hatte und welche Angst er oft gehabt haben musste. Mick hielt es nicht mehr aus. Er ging mit rotgeweinten Augen noch einmal zum Vogelkäfig. Als er sich von Caesar verabschieden wollte, bemerkte er etwas, was vorher noch nicht da gewesen ist. Caesar hatte eine schöne Feder verloren, oder hatte er sie absichtlich ausgerupft?

„Ich nehme deine Feder mit und bringe sie Kenny, ist das okay, Caesar", fragte Mick ohne die Feder zu berühren. Caesar kletterte auf die Stange, die am untersten in seinem Käfig war, und machte mehrere ruckartige Kopfbewegungen und zeigte mit seinem Schnabel auf die Feder. „Danke, Caesar", sagte er, während er die Feder aus Caesars Käfig nahm. Er ging noch kurz ins Wohnzimmer um Kennys Eltern tschüss zu sagen. Er erklärte den Eltern kurz, warum er die Feder mitnehmen wollte.

Kennys Eltern bemerkten Micks verweinte Augen und stimmten zu. Als Mick das Haus verlassen hatte, sagte Kennys Vater zu seiner Frau: „Mick ist ein toller Junge, Kenny kann froh sein, dass er ihn zum Freund hatte. Wir beiden wussten doch am besten, wie Kenny Caesar gemocht hat, aber von uns ist keiner auf diesen Gedanken gekommen." Diese letzten Worte klangen wie eine Frage, wie eine Selbstanklage, wie eine traurige Feststellung.

Mick war froh, als er an Kennys Grab angekommen war.

Es war nun vier Wochen nach Kennys Beerdigung und er war noch nie alleine an dem Grab von seinem Freund gewesen. Zunächst ging er zu Kennys Grabstein. Er legte seinen Arm auf ihn und strich kurz mit seiner Hand über das kalte Material. Dann ging er ein paar Schritte zurück, kniete sich auf den Boden und fing an mit Kenny zu reden. Es war ein Gespräch, das Mick im Inneren mit Kenny führte. Er blickte still auf und sah einen Vogel, dessen Namen er nicht kannte, der aber jedoch genau zu beobachten schien. Mick legte seinen Kopf auf seinen angewinkelten Unterarm und sagte leise: „Ach, Kenny."

Er nahm behutsam die Feder, welche er von Caesar mitgebracht hatte, und betrachtete sie noch kurz. Dann steckte er die Feder vorsichtig unter den Flügel des großen Engels, der auf Kennys Grab fest montiert war, sodass die Feder nicht nassgeregnet werden konnte. „Caesar hat sie dir geschenkt, sie ist von ihm! Ich glaube, er wollte dir auch gerne etwas von sich geben. Deine Eltern sagen, er hat die letzten Tage fast gar nicht gezwitschert, aber jetzt piepst er schon wieder manchmal. Er vermisst dich auch. Du kannst mich bestimmt hören, wenn ich direkt zu dir spreche. Vergiss bitte nicht unseren Spatzen zu grüßen." Mick sprach nun laut. Während er diese Worte sagte, lächelte er verlegen. Er ging einige Schritte in Richtung Ausgang und warf noch einen Blick zu Kennys Grab zurück. In diesem Augenblick kam eine leichte Briese auf, obwohl es an diesem Tag doch ganz windstill gewesen ist. Die Feder flog nicht weg, sie wurde vom Wind durchpustet und schien sich auf die Entfernung ein wenig zu plustern. Im gleichen Moment sah Mick, wie der Vogel, welcher Mick zu beobachten schien, auf dem Engelsflügel, unter welchem die Feder fest in die Erde gesteckt war, landete und seinen Kopf senkte, als ob er sich vergewissern wollte, dass sie auch ja sicher war. Dann flog er wieder auf seinen Ast zurück.

Zeitfracht Medien GmbH
Ferdinand-Jühlke-Straße 7
99095 Erfurt, Deutschland
produktsicherheit@kolibri360.de